AF434783

DES APPARENCES TROMPEUSES

Existe également en livre format numérique

Nathalie **CHARLIER**

DES APPARENCES
TROMPEUSES

ROMAN

À ma grande sœur Michèle...

1

En quittant l'étude du notaire grec, Leandros Bauer lança un regard inquiet à son père. Le vieil homme, déjà affaibli par des problèmes cardiaques, paraissait au bout du rouleau. Mais quel être humain aurait pu résister à toutes ces épreuves ? Quelques jours auparavant, il avait perdu et enterré son plus jeune fils, et la seule consolation qui aurait pu lui permettre de s'accrocher un tant soit peu menaçait de lui échapper également.

En effet, Brigitte venait de leur jouer un dernier tour à sa façon. En l'espace d'un an et demi, cette garce avait réussi à mettre toute la famille sens dessus dessous, poussant son petit frère, qu'elle tenait totalement sous sa coupe, à dilapider sa fortune pour assouvir ses exigences de luxe. Pourtant, elle n'était ni plus ni moins qu'une prostituée, une call-girl qui couchait avec tout ce qui bougeait, pourvu qu'il y ait de l'argent. Beaucoup d'argent.

DES APPARENCES TROMPEUSES

Lorsque Nikos l'avait ramenée d'un voyage à Paris, totalement ensorcelé par cette blonde sulfureuse, Leandros avait senti les ennuis s'annoncer aussi sûrement qu'un chat flairait une souris. Et son pressentiment s'était avéré exact.

La jeune femme avait vite compris que celui qui détenait réellement le pouvoir, c'était lui. Elle avait aussitôt entrepris de le séduire par tous les moyens, le harcelant durant des jours et des jours. Voyant que rien ne fonctionnait, elle avait décidé de jouer son va-tout en l'attendant nue dans sa chambre. Mais Leandros avait résisté. Les intrigantes ne l'avaient jamais intéressé et il ne l'aurait pas touchée, même avec le bout d'une canne à pêche, tant son comportement le dégoûtait.

En réalisant qu'elle ne parviendrait jamais à ses fins et terrifiée à l'idée de perdre la poule aux œufs d'or, c'est-à-dire Nikos, elle l'avait alors accusé d'avoir tenté de la violer. Son frère, en bon naïf qu'il était, avait cru les boniments de cette aventurière et avait aussitôt coupé les ponts avec lui.

Si Brigitte n'était pas intelligente, elle était en revanche fourbe et retorse. Cela avait fonctionné dans un premier temps, puisqu'en choisissant l'attaque avant qu'il ait pu l'incriminer, elle avait brouillé les deux hommes. Pourtant, au bout de quelques semaines, Nikos avait fini par comprendre sa vraie nature –les feux de la passion s'étant quelque peu estompés– et l'avait quittée. Toutefois, ayant senti le vent tourner peu avant leur rupture, elle avait cessé de prendre tout contraceptif sans en avertir son amant.

Ainsi, trois mois après leur séparation, Nikos l'avait vue débarquer dans leur hôtel de Corfou –où leur père l'avait envoyé, le plaçant hors de portée de cette sangsue–, pour lui annoncer qu'elle attendait un enfant de lui. Il en avait été mortifié, d'autant qu'il venait de rencontrer une belle Anglaise dont il était tombé amoureux. Ne voulant pas renoncer à sa nouvelle compagne, il avait d'abord renié cette paternité. Hélas, Brigitte était restée à Athènes, malgré tout.

Quelque temps plus tard, elle avait mis au monde un petit garçon sur lequel un test ADN avait été effectué. Le résultat s'était révélé positif et Nikos n'avait pas eu d'autre choix que de reconnaître l'enfant. En revanche, il avait refusé d'épouser sa mère sur les conseils de Leandros.

Pour se venger, cette dernière avait interdit que son fils rencontre ses grands-parents et son oncle. L'affaire avait provoqué de multiples tensions et l'inévitable était arrivé. La compagne de son frère l'avait quitté, trop choquée par ce déballage sordide.

À partir de là, Nikos avait sombré. Il n'avait pas la force de caractère de son aîné. C'était un homme sensible et dénué de méchanceté. Il avait plongé dans l'alcool et la déprime. Tous les efforts de sa famille pour l'en sortir avaient été vains, mais ils avaient fait bloc autour de lui. En désespoir de cause, Leandros s'était rendu à Londres pour tenter de convaincre Lizzie de reprendre contact avec lui. Cela n'avait guère été difficile, car de son côté, elle n'allait pas mieux.

Peu après cette visite, elle l'avait appelé et il avait aussitôt retrouvé goût à la vie. Ils avaient même projeté de s'installer en Autriche, afin de s'éloigner de ces histoires malsaines et de se rapprocher à nouveau de la famille du jeune homme.

Leandros et Helmut, leur père, avaient donné leur accord. Nikos avait alors demandé à son ex-maîtresse de lui confier la garde de leur enfant en échange d'une forte somme d'argent. En effet, il n'imaginait pas quitter le pays sans son fils auquel il était profondément attaché. Par ailleurs, sa fiancée était prête à élever Thomas à condition de ne plus entendre parler de la Française.

Mais, c'était compter sans Leandros qui, n'ayant aucune intention de laisser son frère être plumé, avait fait mener une enquête sur elle. Ce qu'il avait découvert avait été édifiant. Elle buvait et se droguait presque tout le temps, collectionnait les aventures d'une nuit qu'elle ramenait à son domicile et ne s'occupait quasiment pas de son enfant qui présentait déjà des signes de maltraitance.

Dans ces conditions, elle n'avait aucune chance de monnayer sa garde et par conséquent l'astronomique compensation qu'elle aurait pu percevoir. Au contraire, une menace d'accusation pour négligence et mauvais traitements planait désormais au-dessus de sa tête si elle refusait de confier le bébé à son père.

La semaine précédente, sous prétexte de signer l'accord qui stipulait qu'elle renoncerait à tous ses droits, elle était venue à Corfou, laissant Thomas à Athènes aux bons soins d'une baby-sitter. Un matin, elle avait cherché Nikos à l'hôtel familial, un des fleurons de la société de leurs parents, spécialisée dans le tourisme de luxe.

La veille de son départ, elle avait eu par huissier, une convocation d'un juge qui souhaitait l'interroger sur les accusations portées par le clan Bauer à son encontre.

La machine judiciaire était en marche et Brigitte avait dû prendre véritablement conscience du fait qu'elle risquait gros, très gros, pour peu de l'on vienne fouiller d'un peu trop près dans sa vie tumultueuse. Au cours du trajet jusqu'à l'auberge où elle logeait, elle avait projeté sa voiture de location contre un arbre à plus de cent kilomètres-heure, provoquant leur décès instantané.

En apprenant cela, Leandros avait cru mourir de chagrin. Son petit frère chéri ne reviendrait plus et c'était à cette immonde ordure qu'il le devait.

Un malheur n'arrivant jamais seul, il venait de découvrir qu'elle avait rédigé un testament, deux jours avant l'accident, confiant la garde de Thomas à sa jeune sœur qui vivait en France, semblait-il.

Brigitte leur avait toujours dit qu'elle était orpheline et ils l'avaient crue. Le choc avait été d'autant plus rude, qu'à la lecture du document, ils avaient compris que tout avait été prémédité, y compris la mort de son ex-amant. Cette femme avait organisé l'assassinat de Nikos et leur avait enlevé l'unique chose qui leur restait, un petit garçon de six mois qui allait être laissé à une créature ne valant sans doute pas mieux qu'elle.

Mais, il se battrait de toutes ses forces pour récupérer son neveu et userait de tous les stratagèmes pour préserver l'héritage familial des griffes de la sœur de cette meurtrière. Alors seulement, il pourrait faire son deuil et recommencer à avancer, sans cette colère qui le rongeait chaque jour un peu plus.

S'approchant de ses parents, dont les yeux rougis attestaient à quel point l'épreuve qu'ils vivaient était difficile pour eux, il leur enlaça les épaules et leur murmura assez bas pour n'être entendu que d'eux :

— Ne vous inquiétez pas. Je ferai ce qu'il faudra pour ramener Thomas à la maison, le plus vite possible. Dussè-je pour cela épouser la sœur de cette criminelle.

— Pourquoi ferais-tu une chose pareille ? demanda sa mère avec étonnement.

— Si elle est la tutrice du petit, il devra être lié officiellement à elle pour pouvoir l'adopter. Alors seulement, le bébé sera à l'abri puisqu'il sera légalement son père, expliqua Helmut à son épouse.

— Non, protesta cette dernière. Tu ne dois pas te conduire ainsi. Je ne veux pas. Ce serait indigne de toi et contraire à tous les principes que nous avons toujours essayé de t'inculquer.

— Maman, je ne peux pas lui laisser nous prendre Thomas. Sais-tu dans quel état il est ? Il a six mois et en paraît trois. Il refuse de s'alimenter et si ça continue, il faudra le mettre sous perfusion. C'est l'héritier de notre empire et pourtant il a été confié à une famille d'accueil du quartier le plus pauvre d'Athènes ! Sa place est ici, à Salzbourg, avec nous.

Il avait volontairement évoqué ce fait, sachant à quel point cela choquait sa mère.

— Je te fais confiance, mon fils, agis au mieux, répliqua son père fermement. Et maintenant, rentrons afin d'élaborer un plan de bataille.

Leandros sourit. En impliquant ses parents dans son projet visant à récupérer Thomas, il leur donnait une raison de se lever le matin et de continuer à vivre.

2

Jeanne Louvet quitta l'usine où elle travaillait, très inquiète. Lors du dernier comité d'entreprise, le matin même, le directeur les avait informés des difficultés liées à la crise que rencontrait cette fabrique de chaussures, vieille de plus de cent ans. Cela l'obligeait à mettre en place un plan social avec plusieurs licenciements, afin de sauver les autres emplois.

Même si ce poste d'ouvrière était purement alimentaire, il n'en restait pas moins qu'elle serait bien ennuyée si elle devait le perdre. La région était déjà durement sinistrée et, ces temps-ci, il ne se passait pas une semaine sans que l'on n'entende parler d'une usine qui déposait le bilan.

Dans la mesure où elle n'avait pas de charge familiale, étant célibataire et sans enfant, elle serait, selon toute probabilité, dans le prochain lot de licenciés. En effet, le directeur n'avait pas caché que la situation personnelle serait un facteur déterminant dans le choix de ceux dont l'emploi était menacé. Par conséquent, elle risquait d'être directement touchée et elle en serait rapidement informée, puisque les noms de ceux qui étaient concernés allaient être connus dès la fin de la semaine.

Malheureusement pour elle, si cela devait arriver, elle n'aurait personne vers qui se tourner, car elle n'avait plus de famille, hormis une sœur dont elle ne savait plus rien depuis huit ans. Et c'était très bien ainsi ! Brigitte l'avait trahie de la pire des manières. Jeanne souhaitait ne plus jamais avoir affaire à elle, d'autant qu'elle avait toujours dû assumer ses bêtises, même du vivant de leurs parents qui idolâtraient leur aînée et méprisaient leur cadette.

Enfant, Brigitte n'était jamais coupable de rien, c'était systématiquement elle. Il fallait dire que sa sœur était dotée d'un physique hors du commun, qu'elle cultivait à outrance. Belle comme le jour, elle attirait tous les hommes. Tandis qu'elle... Jeanne avait depuis longtemps accepté d'être considérée comme le laideron de la famille, mais cela ne signifiait pas que ces éternelles comparaisons, tournant inévitablement à son désavantage, ne la blessaient pas.

Pourtant, songea-t-elle avec tristesse, si quelqu'un avait daigné s'intéresser à elle et gratter sous son apparence ordinaire, il aurait vu qu'elle aussi avait des qualités.

Sa sœur était d'une superficialité telle, qu'elle incarnait la caricature parfaite de la bimbo blonde ! Hélas, tout portait à croire que c'était probablement ce que les hommes recherchaient.

Jeanne, pour sa part, faisait partie de ces rares personnes qui, loin d'en vouloir toujours plus, se contentaient de ce qu'elles avaient et trouvaient leur bonheur dans des petits riens, comme faire la cuisine, lire, écouter de la musique ou regarder pousser des fleurs. Oui, elle était dotée d'un caractère résolument optimiste, même si la vie n'avait pas été facile pour elle, bien au contraire. Mais de chaque épreuve, elle avait retiré les enseignements qu'elle jugeait utiles. De fait, toutes les expériences qu'elle avait vécues, bonnes ou mauvaises, lui avaient apporté quelque chose.

Si vu de l'extérieur, son quotidien semblait morne et sans intérêt, elle avait trouvé un équilibre entre son travail et ses loisirs, et cela lui convenait parfaitement. Elle n'imaginait pas résider ailleurs que dans la maison de ses parents, située dans ce petit village de Lorraine, où elle avait toujours habité.

Contrairement à Brigitte, elle avait un besoin viscéral de stabilité et n'aimait rien tant que le côté routinier de son existence. Cela la rassurait et l'aidait à surmonter ses angoisses. Pourtant, elle avait envié quelques fois l'esprit aventureux de sa sœur, qui n'avait eu de cesse de fuir le patelin de leur enfance pour mener la grande vie. Pour cela, tous les moyens avaient été bons, y compris, voler son employeur et lui prendre le seul garçon qui se soit jamais intéressé à elle, sous prétexte qu'il était le fils d'un entrepreneur fortuné de la région.

Et le pire était que leurs parents avaient cautionné cette trahison, lui faisant bien comprendre qu'avec sa beauté, il était normal que Brigitte attire tous les hommes, y compris le sien.

Jeanne laissa échapper un petit gémissement d'indignation. Durant cette période maudite, jamais ils n'avaient montré une once de compassion envers elle. Qu'elle ait sacrifié ses études et sa jeunesse pour s'occuper d'eux et éponger les dettes de sa sœur leur avait paru tout à fait naturel.

Tout comme le jour où ils avaient utilisé les économies qu'elle faisait pour s'acheter une voiture, afin de payer les implants mammaires que Brigitte voulait à tout prix se faire poser !

Des anecdotes comme celles-là, Jeanne aurait pu en ressasser mille, mais elle se reprit aussitôt. Il ne servait à rien de ruminer sa rancœur, mieux valait aller de l'avant. Après tout, il était inutile de se replonger dans le passé, cela gâcherait le reste de sa journée. Et elle avait bien assez de motifs d'angoisse comme ça.

En arrivant devant sa petite maison, elle poussa un soupir de soulagement. Elle pourrait enfin prendre le temps de se débarbouiller, puis de préparer des macarons à la pistache. Elle désirait tester cette recette avant de la proposer à ses amies du club de bricolage, pour lequel elle animait l'atelier pâtisserie, chaque samedi.

Après une douche salutaire, et alors qu'elle pénétrait dans la cuisine, les cheveux humides, habillée d'un survêtement confortable, le téléphone sonna. Décrochant machinalement, tout en sortant les ingrédients nécessaires, elle répondit d'une voix distraite, persuadée qu'il s'agissait comme d'habitude d'un démarcheur qui voulait lui vendre quelque produit.

—Allo.

— Mademoiselle Louvet ?

Elle sentit aussitôt un frisson lui parcourir l'échine, troublée par ce timbre rocailleux.

— Oui, c'est moi ! Bonjour, que puis-je pour vous ?

— Êtes-vous Jeanne Louvet, la sœur de Brigitte Louvet ? demanda encore l'homme.

— Oui, mais je… bégaya-t-elle. Qui êtes-vous ?

— Mon nom est Leandros Bauer et je vous appelle d'Autriche. Il y a eu un accident et votre sœur…

— Que lui est-il arrivé ?

— Elle a encastré sa voiture dans un arbre et est morte sur le coup. Je suis désolé.

— Seigneur ! murmura-t-elle, en se laissant tomber lourdement sur une chaise. Où et quand est-ce survenu ?

— Il y a dix jours, en Grèce.

— En Grèce ? Mais, qu'est-ce qu'elle faisait là-bas ? Êtes-vous en train de m'expliquer que ma sœur est décédée depuis dix jours et que vous ne m'appelez que maintenant ? Mais alors, où a-t-elle été enterrée ?

— Elle ne l'a pas encore été. Son corps est toujours à la morgue de l'hôpital de Corfou, répondit-il, vaguement mal à l'aise.

— Pardon ? interrogea Jeanne, totalement hébétée par l'annonce de la mort de Brigitte, mais aussi par le fait que, depuis dix jours, sa dépouille était abandonnée dans un réfrigérateur sans avoir eu droit à des obsèques dignes de ce nom.

— Je suis désolé, expliqua l'homme, mais il m'a fallu du temps pour vous localiser. Brigitte n'avait jamais dit à quiconque qu'elle avait une famille. Voyez-vous, j'ai également perdu mon frère dans cet accident et je me devais d'être présent auprès des miens avant tout.

— Je comprends. Mais comment dois-je m'y prendre pour la faire rapatrier en France ? Je n'ai aucune idée des démarches à effectuer, ajouta-t-elle, se raccrochant à des soucis matériels pour éviter d'éclater en sanglots à cette triste nouvelle.

— Ne vous inquiétez de rien, je m'en occuperai. Je ramènerai sa dépouille à bord d'un avion privé. Je pourrai être en France dans trois jours. Cela vous laissera le temps d'organiser l'enterrement. Par ailleurs, je souhaiterais vous entretenir d'un problème survenu suite à la mort de votre sœur.

— De quoi s'agit-il ? questionna Jeanne qui sentit son estomac se crisper.

Les ennuis que provoquait son aînée lui retombaient systématiquement dessus et c'était toujours à elle que revenait le rôle ingrat d'essuyer les plâtres.

— Nous en discuterons dans trois jours. Je vous téléphonerai pour vous indiquer l'heure exacte de mon arrivée, afin que vous puissiez prendre vos dispositions. Est-ce que ça ira ?

— Oui, je crois que oui, murmura-t-elle d'une voix tremblante.

— Parfait. Dans ce cas, je vous souhaite une bonne soirée et je vous rappellerai demain, à la même heure.

— Très bien, euh… et toutes mes condoléances pour votre frère. Je suis sincèrement désolée de ce qui s'est passé, ajouta-t-elle dans un élan de compassion.

— Je vous remercie. Au revoir.

— Au…

Il avait déjà raccroché.

***

Leandros sourit en reposant le combiné. Jeanne Louvet avait une voix douce et mélodieuse. Contrairement à sa sœur au tempérament colérique, elle était restée d'une grande dignité, malgré le choc qu'il avait perçu. Et si elle avait été consternée par le fait que Brigitte n'ait pas encore été enterrée, elle n'en avait pas moins été d'une courtoisie exemplaire comme en attestaient les condoléances présentées à la fin de leur conversation.

D'après le détective engagé, elle était appréciée à son travail et dans le village où elle vivait depuis toujours. Il n'avait pas vu sa photo, mais l'enquêteur avait indiqué qu'elles étaient totalement différentes, l'une étant splendide et l'autre d'une « banalité affligeante » —selon ses termes—. Tant mieux, songea Leandros avec satisfaction, le poisson serait plus facile à ferrer.

Grand amateur de femmes, il les connaissait bien. Moins elles se sentaient belles, plus elles manquaient de confiance en elles. Ainsi, elles devenaient aisément malléables quand elles croyaient être aimées. Il sourit avec ironie, l'air mauvais. Oui, il en ferait ce qu'il voudrait.

Il ne réalisa pas, à cet instant, la vanité et l'arrogance de cette pensée.

***

Jeanne se tournait et se retournait dans son lit sans pouvoir s'endormir. Sa sœur était morte. Elles ne s'étaient pas revues, ni même parlé depuis si longtemps, qu'elle avait du mal à se souvenir de ses traits avec exactitude. Pour Brigitte, leur village était « *le trou du cul du monde* » et ses habitants, une bande de bouseux. Ce mépris envers eux, qu'elle affichait ouvertement, l'avait vite rendue impopulaire auprès de ces gens simples.

Leurs parents n'avaient d'ailleurs pas été plus appréciés. Leur père était connu pour son penchant pour l'alcool et pour les accès de violence qui en résultaient trop souvent. Leur mère, à l'image de Brigitte, avait toujours snobé leurs voisins, les jugeant indignes d'elle.

C'était une femme très belle, mais qui souffrait de troubles psychiatriques dits bipolaires. Elle était instable et passait ses journées à fantasmer à une autre existence. Une vie de luxe et de farniente. Il n'y avait pas à chercher plus loin pour comprendre ce qui avait inspiré sa sœur dans sa folie des grandeurs. Elles occupaient tout leur temps à feuilleter des revues people en s'imaginant être ces gens-là.

Jeanne était très différente d'elles. De plus, elle rappelait inlassablement à sa mère, l'erreur que celle-ci avait commise en trompant son époux avec un ouvrier portugais qui travaillait sur un chantier.

Quand ce dernier lui avait parlé de son pays, elle s'était mise à rêver de soleil et de passion. Ils avaient vécu une aventure ardente. Mais, une fois la construction achevée, il était reparti sans elle. En fait, jamais il n'avait eu l'intention de l'emmener avec lui, car il était déjà marié et père de famille.

Alors, l'épouse indigne avait demandé pardon à son compagnon qui avait accepté de la reprendre à condition que plus jamais cela ne se reproduise. Hélas, trois fois hélas, huit mois plus tard, elle avait accouché d'une fille aussi brune et mate que son mari était blond et pâle.

C'était à l'âge de six ans que son « cher papa » lui avait jeté la vérité à la figure, sans égards envers cette gamine qui aurait fait n'importe quoi pour que ses parents l'aiment autant que sa sœur. Malheureusement, c'était impossible et elle avait fini par le comprendre. Elle rappelait trop à sa mère la faute commise, et surtout un homme dont elle avait tout attendu et qui ne lui avait rien donné. Quant à son père, puisqu'elle n'avait connu que lui dans ce rôle, elle était à ses yeux l'évocation vivante de la trahison de sa femme.

Son enfance et son adolescence avaient ainsi été marquées par le mépris de sa famille. Petit à petit, elle s'était rapprochée des villageois qui avaient fini par la prendre en pitié et l'avaient accueillie, lui offrant un peu de chaleur et de réconfort quand elle n'en avait pas chez elle.

La première vraie bouffée d'oxygène avait été de pouvoir quitter la maison pour suivre des cours d'histoire à l'Université de Metz.

C'était là qu'elle avait rencontré Pascal. Il n'était pas vraiment beau avec ses petites lunettes et son embonpoint, mais il était adorable avec elle et c'était le premier homme qui l'avait regardée avec intérêt. Au bout d'un an, il l'avait demandée en mariage et elle avait accepté avec joie.

C'était alors qu'il avait fallu lui présenter sa famille. Et ce qu'elle avait redouté, dans le fond de son cœur, était arrivé. Dès qu'il avait vu Brigitte, son gentil fiancé avait été comme hypnotisé. Un mois plus tard, il l'avait quittée pour sa sœur qu'il avait emmenée à Paris, comme celle-ci en rêvait depuis des années.

Le problème était que cette dernière avait aussi volé le patron de l'usine où elle travaillait et ses parents n'avaient pu faire autrement que de demander à Jeanne de les aider à rembourser les dettes abyssales qu'elle avait laissées, sous peine de poursuites judiciaires. Elle avait alors dû renoncer à des études qui la passionnaient et dans lesquelles elle excellait, pour reprendre le poste occupé précédemment par sa sœur.

En y repensant, Jeanne nota le ridicule de la situation. Elle avait été employée durant un an quasiment gratuitement pour que soit payée la somme subtilisée par Brigitte et dépensée sans doute avec son ex-fiancé. Elle avait appris, quelques mois plus tard, que celui-ci était revenu penaud, après qu'elle lui eut préféré un homme apparemment plus riche.

Il n'avait cependant jamais cherché à la recontacter et elle lui en avait été reconnaissante. Après ce qui s'était passé, elle n'aurait pas imaginé un seul instant reconstruire quoi que ce soit avec lui. Il s'était marié depuis et avait succédé à son père à la tête de l'entreprise.

Quant à sa mère, la honte et le déshonneur provoqués par cette cascade d'évènements avaient eu raison de son état psychologique déjà fragile. Un matin, elle l'avait retrouvée sans vie dans la salle de bain. Désespérée, cette dernière avait ingéré une dose massive de médicaments.

Joseph Louvet ne s'en était jamais remis et s'était enfoncé encore plus dans l'alcool. Il était mort d'une cirrhose deux ans plus tard.

Brigitte n'était pas venue à leurs obsèques, malgré les messages que Jeanne lui avait laissés.

Elle ne l'avait plus jamais revue, ni n'avait entendu parler d'elle jusqu'à aujourd'hui.

À ses yeux, sa sœur avait toujours été profondément perturbée, tout comme l'était leur mère. Elle souffrait probablement des mêmes troubles qui la rendaient exaltée un jour et abattue le lendemain. Jeanne remerciait simplement le ciel de ne pas être comme elles. Elle avait sûrement hérité du caractère de son vrai père. Du moins, le supposait-elle, puisqu'elle n'avait jamais rien su de lui, pas même son nom.

3

Assis à l'arrière d'une berline noire, Leandros regardait par la fenêtre, l'air morose. À ses côtés se trouvait le détective recruté pour retrouver la jeune femme.

Il était arrivé à bord d'un avion privé en fin de matinée. Dès que celui-ci avait atterri, une entreprise de pompes funèbres avait pris le cercueil en charge pour le transférer vers l'église où devaient avoir lieu les obsèques, au cours de l'après-midi.

Le jet était resté sur l'aérodrome, situé près de Sarrebourg, à quelques kilomètres du village, tandis qu'il travaillait et déjeunait dans l'appareil.

Il était maintenant temps de rencontrer cette Française, songea-t-il en observant le paysage qui défilait sous ses yeux. L'endroit lui paraissait horriblement morne. C'était sans doute normal, puisqu'il était habitué aux panoramas enneigés de cartes postales de l'Autriche, mais aussi au ciel bleu de la Grèce. Même s'il vivait la plus grande partie de l'année à Salzbourg, où se trouvait le siège de la société, il n'aimait rien tant que contempler la mer

Égée depuis la terrasse de la villa que possédaient ses parents à Corfou.

Bianca, sa petite amie, avait insisté pour l'accompagner. Néanmoins, l'enjeu de cette rencontre était tellement important qu'il avait refusé. En effet, cette dernière était d'une beauté à couper le souffle, ce qui aurait probablement intimidé Jeanne Louvet. Comme il ne voulait prendre aucun risque, il lui avait paru préférable de renvoyer sa maîtresse chez elle, à Munich, en attendant d'y voir plus clair.

Se tournant vers le détective, il lui demanda ce qu'il avait appris de plus sur la jeune femme.

— Elle a vingt-neuf ans. Comme je vous l'ai indiqué, elle ne ressemble pas du tout à sa sœur. Elle vit simplement et n'a aucun homme dans sa vie. Elle aurait été fiancée autrefois, mais je n'en sais pas plus. Elle anime l'atelier pâtisserie du club de bricolage local et…

— C'est tout ce que vous avez trouvé ? Vous croyez que je vous paie pour me dire qu'elle est capable de faire des tartes ou des cakes ? Je veux un scoop ! Si vous avez essayé de me berner, je vous jure que vous allez le regretter…

Il sourit intérieurement en constatant que ses paroles avaient porté. Son interlocuteur tremblait en relisant fébrilement les notes posées devant lui.

— Monsieur, le problème c'est qu'il n'y a rien de plus à raconter ! J'ai fait mon travail correctement, mais les gens du patelin ne sont guère loquaces avec les étrangers. De plus, elle mène une vie d'une grande simplicité. Elle ne part jamais en vacances, n'est jamais malade. Elle a repris le poste de sa sœur à l'usine et…

— Mais, que voulez-vous que je fasse de cela ? s'écria Leandros, faisant sursauter l'homme.

— Eh bien, il y a peut-être quelque chose… D'après ce que j'ai cru comprendre, l'entreprise qui l'emploie a été durement touchée par la crise et une vague de licenciements est prévue. Il y a un gros risque pour qu'elle fasse partie de ceux qui perdront leur emploi.

— Pourquoi ? Vous venez de me dire qu'elle y était depuis des années et qu'elle n'était jamais malade, interrogea-t-il, soudain intrigué.

— D'après mes sources, qui sont fiables, les critères retenus sont les charges de famille. Étant donné qu'elle est célibataire et sans enfant, elle est concernée, c'est sûr.

— Voilà qui est intéressant, murmura l'homme d'affaires en se plongeant à nouveau dans la contemplation du paysage.

En toute logique, si elle n'avait plus de travail, elle le suivrait sans doute plus facilement en Grèce. *« Excellent »*, songea-t-il en se calant plus confortablement dans son siège. Ce fut le moment que choisit le chauffeur pour lui faire signe.

— Que se passe-t-il ?

— Nous arrivons, répondit Constantin, avec un sourire à l'attention de son patron.

Les deux hommes se connaissaient depuis l'enfance. Les parents de son assistant et ami avaient eux-mêmes été employés par son père. Ils avaient grandi ensemble.

Leandros l'appréciait tant pour son efficacité que pour sa loyauté. Constantin faisait partie des rares personnes en qui il avait toute confiance. Il le remercia d'un signe de tête, puis observa attentivement le village dans lequel ils arrivaient. Quel trou perdu !

L'ensemble se résumait à quelques rues, une église et une mairie. Les maisons, vieilles et peu entretenues, conféraient à ce lieu une impression de tristesse et de désolation. Il était vrai qu'il ne connaissait de la France que Paris et la Côte d'Azur, car il y avait régulièrement passé des vacances. Mais, s'il y avait un bled où il ne viendrait jamais pour se dépayser, c'était bien ici !

Lorsque la berline s'arrêta devant l'église, il fut surpris de ne voir personne. Aucune voiture n'était garée et c'était uniquement la présence du corbillard, non loin de là, qui indiquait qu'un enterrement avait lieu. Il sortit rapidement du véhicule et se dirigea vers l'entrée de l'édifice, escorté par Constantin.

En pénétrant dans le bâtiment sombre et austère, il lui fallut un peu de temps pour s'accoutumer à la pénombre. Les lieux lui paraissaient sinistres et, à son grand étonnement, seules sept personnes s'étaient déplacées. Il y avait là deux hommes assis dans le fond, quatre femmes installées au milieu, et enfin une autre, brune, debout au premier rang, face au prêtre.

Était-il possible que la cérémonie n'ait pas encore débuté ? Le détective lui avait pourtant indiqué que la messe commençait à quatorze heures. Même Jeanne le lui avait confirmé. Il était volontairement arrivé en retard, afin de faire une entrée remarquée. Il voulait que la sœur de Brigitte soit consciente de sa présence. À ceci près, il avait supposé que noyé au milieu d'une foule dense, elle ne lui prêterait aucune attention. Or là, il n'y avait quasiment personne !

Cette femme ne s'était-elle même pas donné la peine d'avertir leurs proches ? Il avait beau détester Brigitte à un point que personne ne pouvait imaginer, il n'en restait pas moins qu'elle avait droit à des obsèques dignes de ce nom.

De toute évidence, sa sœur ne valait pas mieux qu'elle, comme il l'avait présumé. Peut-être était-elle pire encore… Cela promettait pour la suite de son plan !

Alors qu'il longeait l'allée centrale pour s'installer dans le second banc du rang opposé, le curé arrêta de parler. Constantin était resté au fond, selon ses instructions. Lorsque Leandros eut rejoint sa place, il reprit son sermon.

Discrètement, ce dernier commença à observer Jeanne qui ne lui avait pas adressé un regard. Il ne pouvait pas voir son visage, mais le spectacle qu'elle offrait était suffisamment explicite. Son abondante chevelure brune était nouée en un chignon que n'aurait pas renié sa grand-mère de son vivant. Et que penser de ses vêtements ? Il n'aurait su dire si elle était mince ou pas, tant la tenue qu'elle portait la dévalorisait. Sa veste noire était informe et visiblement trop grande. Une jupe plissée, descendant jusqu'à mi-mollet, d'épais collants beiges, et des mocassins plats absolument hideux complétaient l'ensemble.

Lorsque le prêtre leur fit signe de s'asseoir, elle tourna la tête furtivement dans sa direction avant de prendre place. Ce court laps de temps lui permit de se faire une idée précise de ses traits. Ou plutôt non. Car d'énormes lunettes teintées les cachaient quasiment. Jamais il n'en avait vu d'aussi laides ! Comment pouvait-on s'affubler d'horreurs pareilles ?

Qu'avait déjà dit le détective ? Il essaya de s'en souvenir. Elle avait vingt-neuf ans. Vingt-neuf ans ! C'était tout à fait impossible. Elle en paraissait au moins quarante. Il y avait forcément une erreur quelque part. Mais où ?

L'office dura encore une demi-heure. Puis, le croque-mort récupéra le cercueil, recouvert d'une couronne de roses blanches, pour l'emmener vers la sortie. Jeanne suivit en compagnie du prêtre, imitée par les quatre femmes présentes. Les deux hommes avaient disparu. *« Eh bien ! La foule se bouscule »*, songea Leandros avec ironie.

Il quitta son banc en dernier sous le regard inquisiteur des villageoises qui le précédaient en gloussant. Il fit mine de ne pas s'en apercevoir, mais leur comportement lui sembla à la limite de l'indécence étant donné le lieu et les circonstances.

Toutefois, il ne put s'empêcher de tendre une oreille curieuse lorsque celles-ci s'adressèrent à la femme qui retenait toute son attention depuis qu'il était entré dans l'église.

— Ma petite Jeanne, nous allons te laisser. Nous ne viendrons pas au cimetière.

— D'accord, répondit-elle d'une voix atone, sans paraître s'en étonner outre mesure.

— Tu sais que nous ne sommes là que par amitié pour toi, ajouta une autre. Ce n'est certainement pas pour ta sœur. D'ailleurs, tout le monde détestait Brigitte.

— Mesdames, intervint le curé. Nous sommes dans un lieu saint ici. Alors vous êtes priées d'attendre d'être à l'extérieur avant de dégainer vos langues de vipère.

— Mon père, rétorqua la troisième. Nous ne faisons qu'énoncer un fait. Personne ne pouvait la blairer !

— Allons, allons… l'interrompit celui-ci, mal à l'aise.

— C'est la vérité. D'ailleurs, il n'y a qu'à voir le nombre de présents à la messe pour le comprendre. Nous avons dû batailler pour trouver une place assise, susurra la dernière avec une ironie mordante.

— Madame Muller, ça suffit maintenant ! s'impatienta l'ecclésiaste.

Leandros ne put retenir un sourire amusé. Ainsi, il n'était pas le seul à haïr cette peste. Subitement, il éprouva un élan de sympathie envers ces commères. Mais ce n'étaient pas elles qui l'intéressaient. Jeanne posa la main sur le bras du prêtre, avant d'intervenir avec la même voix douce que celle qu'il avait entendue au téléphone.

— Mon père, s'il vous plaît. Elles ont raison et vous le savez. Brigitte n'était pas aimée. Même si j'ai fait paraître un faire-part dans le journal et prévenu ceux qui l'ont connue, personne n'a jugé utile de venir.

Puis, se tournant vers ses copines, elle ajouta avec un sourire qui la rajeunit considérablement.

— Merci d'avoir fait le déplacement, les filles. J'apprécie votre geste, sincèrement. Je vais me rendre avec Monsieur le Curé au cimetière pour l'inhumation. Ensuite, si vous le souhaitez, je vous invite à boire un café chez moi. J'ai préparé des gâteaux et...

— Pas pour nous, répondit l'une de ses amies. Désolée, Jeanne, mais nous partons directement à l'hôpital. La nièce d'Agnès a accouché. Cela ne te dérange pas, j'espère...

— Tout va bien, les rassura la jeune femme. Je vous en ramènerai demain, au club.

— Alors nous faisons comme ça, intervint la plus vieille en l'embrassant chaleureusement.

Les autres l'imitèrent aussitôt, avant de quitter l'église rapidement. Il ne restait plus que le prêtre qui donnait des instructions à l'employé des pompes funèbres et lui.

Jeanne se tourna vers Leandros et lui sourit timidement. Durant toute la messe, elle avait eu le plus grand mal à se concentrer, sentant son regard peser sur elle. Lorsqu'en s'asseyant, elle s'était risquée à l'observer furtivement, elle avait éprouvé un véritable choc.

Ce type était d'une beauté exceptionnelle ! Immense, mince, il avait une peau mate, des cheveux sombres qui tombaient souplement sur sa nuque et surtout des yeux bleu ciel qui tranchaient avec son physique méditerranéen.

Elle présuma que ce devait être monsieur Bauer, l'homme avec qui elle avait été deux fois en contact téléphonique et dont la voix grave l'avait troublée.

Mais jamais, au grand jamais, elle n'aurait imaginé un tel Apollon. Au contraire, elle avait supposé, à son léger accent allemand, qu'il était blond et d'un certain âge. Quelle erreur !

Lorsqu'elle le vit approcher, la main tendue, elle ne put s'empêcher de se sentir émue. Elle songea aussitôt que la fascination qu'il semblait exercer sur la gent féminine devait le rendre bigrement dangereux. Le genre de type qu'elle avait tendance à fuir comme la peste, ce qui n'était pas bien compliqué étant donné qu'aucun de ceux qu'elle avait pu rencontrer ne lui avait jamais témoigné le moindre intérêt.

Pour autant, elle se devait de faire preuve de la plus élémentaire courtoisie. Après tout, c'était lui qui avait veillé au rapatriement de la dépouille de Brigitte. Cela lui avait évité de nombreuses et fastidieuses formalités. Il ne fallait pas l'oublier et se montrer reconnaissante.

— Bonjour, Jeanne, je suis Leandros Bauer... Nous avons parlé au téléphone.

— Je suis contente de vous rencontrer. Je tiens à vous témoigner ma gratitude pour tout ce que vous avez pris en charge afin d'organiser le retour de ma sœur. Je ne sais pas si j'aurais pu faire face en si peu de temps et...

— Ne me remerciez pas, c'est normal, répondit-il en prenant la main qu'elle lui tendait.

À ce contact, Jeanne sentit tout son corps frémir et eut aussitôt un mouvement de recul. Que lui arrivait-il ? Jamais elle n'avait réagi ainsi à un simple effleurement. Il fallait qu'elle soit particulièrement perturbée pour que la proximité de cet homme lui fasse cet effet.

De son côté, Leandros observait la jeune femme avec attention. Elle paraissait déstabilisée, mais il n'aurait su dire si c'était par lui ou par la mort de Brigitte, ce qui aurait pu sembler normal. Il s'aperçut avec étonnement qu'elle l'intriguait, car elle ne montrait rien de ce qu'elle ressentait, gardant un contrôle total sur elle-même. Il était si rare qu'une femme ait la capacité d'agir ainsi. La plupart de celles qu'il côtoyait se laissaient inévitablement gouverner par leurs émotions, voire leurs hormones. Si bien qu'il redoutait toujours les humeurs extrêmes, allant de la passion la plus débridée pour lui plaire, à la traditionnelle crise d'hystérie quand il rompait. Ce fut avec soulagement qu'il comprit que ce ne serait pas le cas avec celle-là.

Ensemble, ils se dirigèrent vers le cimetière qui jouxtait l'église, dans un silence total. Elle semblait perdue dans ses pensées. Probablement songeait-elle à Brigitte. De toute façon, ce n'était ni le moment ni l'endroit pour lui faire part des dernières volontés de la défunte. Il devrait prendre son mal en patience.

La mise en terre fut rapide et après une ultime bénédiction, le prêtre s'en alla, les laissant seuls devant la tombe. Leandros ne put s'empêcher de lui demander :

— Comment se fait-il que votre sœur ne nous ait jamais parlé de vous ?

— Je n'en sais rien. Elle n'aimait pas cet endroit, ni ses habitants. Elle a toujours voulu partir. Ici, tout était glauque pour elle, trop petit, trop campagnard…

— Depuis combien de temps ne l'aviez-vous pas revue ?

Jeanne se tourna vers lui et sourit doucement. Ce sourire fit un drôle d'effet à Leandros. Elle semblait résignée, comme si quoi qu'il puisse lui apprendre, rien ne l'étonnerait.

Lentement, elle s'éloigna pour gagner l'entrée du cimetière. Aussitôt, il lui emboîta le pas. Ce ne fut que lorsqu'ils se trouvèrent sur le trottoir qu'elle lui répondit.

— Je n'avais plus entendu parler d'elle depuis huit ans. Nous étions brouillées. D'ailleurs, elle n'a pas assisté aux obsèques de nos parents. Je pensais sincèrement qu'en de telles circonstances, nous aurions pu conclure une trêve, à défaut d'être proches, ce que nous n'avons jamais été. Mais…

— Mais ?

— Malgré mes messages et mes coups de téléphone, elle n'est pas venue. En reconnaissant ma voix, elle a raccroché. Ensuite, elle n'a plus jamais répondu. Finalement, les enterrements se sont déroulés sans elle.

— Eh bien, voilà ce qui s'appelle avoir le sens de la famille, ironisa le jeune homme.

Il n'avait pas mis les paroles de Jeanne en doute, car connaissant Brigitte, une telle attitude ne le surprenait pas. Il aurait payé cher pour qu'elle lui révèle le motif de leur discorde, mais s'abstint cependant de le lui demander. Il sentait qu'elle ne se confierait pas facilement. Elle paraissait secrète et méfiante.

— Pourrions-nous trouver un endroit calme, à l'abri des oreilles indiscrètes ? Je dois vous entretenir d'un sujet important, murmura-t-il, voyant qu'elle ne bougeait pas.

— Bien sûr. Allons chez moi, c'est à deux pas, proposa-t-elle, redoutant déjà la conversation qui suivrait.

Alors qu'elle traversait la rue déserte pour rejoindre son domicile, Leandros fit signe à Constantin de rapprocher la voiture. Le détective était reparti, sa présence n'étant plus nécessaire.

Jeanne s'arrêta devant la porte d'une maison qui se trouvait presque en face de l'église. Celle-ci faisait partie d'un alignement de bâtiments anciens, tous mitoyens.

Grise et sans cachet, elle ne se distinguait des autres que par de magnifiques géraniums plantés dans des jardinières qui égayaient ses fenêtres. De vieux volets d'un brun délavé conféraient à l'ensemble un aspect négligé que ne parvenaient pas à masquer les ornements floraux. « *Quelle tristesse de vivre ici !* » songea-t-il, in petto, en entrant.

Un petit couloir menait au séjour et à une vaste cuisine d'où une odeur agréable de cannelle et de chocolat chatouilla ses narines. À son grand étonnement, les deux pièces étaient claires et accueillantes. Visiblement, Jeanne les avait rénovées en peignant les murs et les plafonds. Il n'aurait su dire pourquoi, mais il sentait que c'était elle qui avait effectué ces travaux. Sans doute les quelques imperfections qu'il voyait çà et là. Pour autant, l'ensemble était plaisant et meublé avec goût.

Jeanne invita Leandros à s'installer sur le canapé, avant de s'éclipser vers la cuisine. Elle en revint avec un plateau chargé d'un pot de café et de tasses. Ensuite, elle apporta une tarte aux pommes et un fondant au chocolat qui sentaient divinement bon. Comme il ne parvenait pas à se décider, elle servit une part de chaque gâteau sur une assiette qu'elle déposa devant lui.

Puis, elle en emplit une seconde et versa du café dans un mug avant de quitter la pièce. Étonné, il se leva pour voir où elle se rendait et constata qu'elle avait amené le tout à Constantin qui patientait dans la voiture. Son assistant la remercia chaleureusement, mais refusa d'entrer.

L'Autrichien fut très surpris de cette attention. Jamais Brigitte n'aurait fait une chose pareille. Décidément, le mystère Jeanne s'épaississait et il commençait tout juste à comprendre qu'elle n'était pas aussi basique qu'il l'avait supposé.

Lorsqu'elle revint, elle se servit et prit place dans un fauteuil situé juste en face du canapé. Le moment de vérité était venu et il allait devoir jouer finement s'il voulait arriver à ses fins.

— Quel est le problème ? demanda-t-elle de but en blanc. Combien ma sœur vous doit-elle ?

— Non, il n'est pas question d'argent, répliqua Leandros.

Aussitôt il la vit pousser un discret soupir de soulagement.

— Alors, que se passe-t-il ?

— Brigitte a laissé un testament.

Face à l'air ahuri de la jeune femme, il eut envie de rire. De toute évidence, elle s'attendait à tout sauf à ça.

— Un testament ? Mais pour léguer quoi ?

« Ses implants mammaires ? » aurait-elle aimé ajouter. Toutefois, elle s'abstint. Ce n'était pas le moment de faire de l'ironie.

— Effectivement. Hormis sa garde-robe, qui devait être conséquente, elle ne possédait rien.

— Alors…

— Votre sœur a eu un bébé avec mon frère.

— Quoi ? s'exclama Jeanne, éberluée. C'est impossible. Elle détestait les enfants.

— Elle a dû changer d'avis, biaisa Leandros. Bref, toujours est-il qu'elle vous en a confié la tutelle.

— À moi ? Mais pourquoi ? Brigitte et moi, nous ne nous sommes pas adressé la parole depuis des années… Et quel âge a-t-il ?

— Six mois. Et…

— Si jeune et déjà orphelin.

Elle, qui n'avait plus personne depuis des années, eut soudain envie de protéger ce petit être.

— Est-ce une fille ?

— Non, c'est un garçon. Il s'appelle Thomas et…

— Où est-il ? intervint-elle, une fois de plus.

Agacé, Leandros lui lança un regard glacial. Bon sang, mais allait-elle se taire à la fin ?

— Est-ce que je pourrais finir mes phrases ? coupa-t-il sèchement.

Confuse, Jeanne baissa les yeux en rougissant. Depuis le début de la conversation, elle n'avait pas cessé de l'interrompre. Or, c'était lui qui avait des choses à lui révéler.

— Je suis désolée, admit-elle, intimidée par cet homme dont l'autorité était palpable. Je vous en prie, continuez…

— Donc, je disais que votre sœur vous a confié la garde de son fils, âgé de six mois. Ma famille et moi comprendrions tout à fait que vous ne désiriez pas vous encombrer d'un si jeune enfant. Après tout, vous avez votre vie et sans doute des projets. Une telle responsabilité ne doit pas vous incomber, alors que vous êtes seule. Nous aimerions prendre l'éducation de Thomas en charge, chez nous, à Salzbourg. Bien entendu, nous vous verserons une compensation financière en échange de l'abandon de vos droits sur lui.

Il fallut quelques secondes à Jeanne pour prendre pleinement conscience de ce qu'il venait de lui proposer ouvertement. À l'incrédulité s'ajoutèrent une indignation et une colère qu'elle n'avait plus ressenties depuis des années. En fait, depuis le départ de Brigitte…

— Si je comprends bien, vous me suggérez de vous vendre mon neveu. Êtes-vous complètement fou ? Je, je... bégaya-t-elle, tentant vainement de dominer sa fureur.

— Soyez raisonnable, Jeanne. Il n'y aurait rien de déshonorant à cela et personne ne vous jugerait.

— Si, moi ! rétorqua-t-elle vivement. Mais, pour qui me prenez-vous ? Un enfant n'est pas une marchandise qu'on brade au plus offrant.

Étonné par cette répartie pour le moins cinglante, Leandros se figea, inquiet. Elle était plus coriace qu'il ne l'avait imaginé. En général, et son expérience le lui avait maintes fois confirmé, lorsqu'on parlait argent, les gens s'asseyaient vite sur leurs principes. Si elle cherchait à faire monter les enchères, elle se trouverait face à un adversaire redoutable. Il n'avait pas laissé sa sœur les plumer, il ne commencerait certainement pas avec cette intrigante !

Toutefois, pour Thomas, il était prêt à beaucoup de concessions. Cet enfant revêtait une importance primordiale à ses yeux et surtout pour ses parents. C'était l'unique lien qui leur restait avec son frère et il n'était pas question d'y renoncer. Aussi, annonça-t-il le montant qu'il avait prévu de lui offrir, multiplié par deux.

— Je vous propose le double de ce que je pensais vous verser, soit cinq cent mille euros. Réfléchissez bien, cette somme peut changer votre vie. D'après les échos que j'ai eus, l'entreprise qui vous emploie connaît de sérieux problèmes et il paraît que vous risquez fort de perdre votre travail.

— Dehors ! s'exclama-t-elle, outrée par ses paroles.

— Pardon ? murmura Leandros d'une voix calme, trop calme, qui n'augurait rien de bon.

— Vous êtes sourd ? J'ai dit DEHORS ! Je vous invite chez moi et tout ce que vous trouvez à faire, c'est de m'insulter de la pire manière qui soit ! À qui croyez-vous avoir affaire ? À une marchande d'enfants ? Je ne suis pas à vendre et mon neveu non plus ! Je m'occuperai de lui, quoique vous puissiez en penser, et vous, vous pouvez bien aller au diable, je m'en moque !

— De quel droit osez-vous me parler de cette manière ? Alors que j'ai pris en charge tous les frais de rapatriement pour votre sœur ! Savez-vous combien tout cela a coûté ?

— Non. Mais je sens que vous êtes sur le point de me le dire…

— Quinze mille euros, répliqua Leandros, persuadé qu'elle perdrait un peu de sa superbe à l'annonce de ce chiffre qui était tout de même relativement important.

Toutefois, elle eut une réaction totalement imprévisible. Se dirigeant vers son bureau, situé dans un recoin de la pièce, elle en sortit un chéquier sur lequel elle nota le montant avant de le signer et de le lui tendre.

— Voici votre argent, monsieur Bauer. Voyez-vous, je travaille depuis des années et j'ai toujours été économe, contrairement à Brigitte. Je dispose donc de cette somme. Vous pouvez débiter le chèque tout de suite. Je pense que nous sommes quittes, poursuivit-elle, visiblement très en colère, même si à l'inverse de sa sœur, elle était toute en retenue. Alors, maintenant dehors, ajouta-t-elle en lui fourrant le bout de papier entre les mains et en le poussant vers l'entrée.

Leandros était très grand. Son corps massif et musclé était difficile à déplacer s'il ne l'avait pas décidé. Mais pris par surprise, il ne résista pas et avant qu'il ait pu se rendre compte de ce qui lui arrivait, il était à l'extérieur, le nez devant la porte.

Furieux, mais aussi humilié qu'elle l'ait fichu dehors comme un moins que rien, il monta dans la voiture qui démarra. Néanmoins, à peine furent-ils sortis du village, qu'il demanda à Constantin de se garer sur le bas-côté.

Puis, il se mit à réfléchir à toute allure. Il avait agi comme un imbécile en lui proposant d'emblée de l'argent. Il aurait dû attendre de mieux la cerner avant de lui faire son offre. Il avait supposé qu'elle était aussi vénale que sa sœur. Or, à voir l'endroit où elle vivait, la façon dont elle s'habillait, il était évident qu'il n'en était rien. Par ailleurs, là où son aînée blonde se serait prosternée pour quelques billets, Jeanne avait réagi très différemment, faisant preuve d'une fierté exacerbée. Quelle surprise, lorsqu'elle lui avait remis le chèque sans discuter, ni même demander un justificatif. De toute évidence, elle ne désirait surtout rien lui devoir.

Comment pouvait-il rectifier le tir ? Ce n'était pas simple, car il l'avait vraiment vexée. Il lui semblait que Jeanne avait de bonnes manières et était attentive à autrui. Il en voulait pour preuve son attitude envers Constantin. Pour autant, elle était déterminée et beaucoup plus coriace que ne l'aurait été Brigitte.

Le voyant préoccupé, son assistant se tourna et lui demanda ce qui se passait. Leandros lui exposa rapidement les faits et son employé fit remarquer.

— Pourquoi ne lui as-tu pas, tout simplement, dit la vérité ? À ta place, je lui aurais parlé de tes parents, de leur chagrin de n'avoir pas Thomas avec eux. Je suis sûr qu'elle n'aurait pas réagi ainsi. Elle a été jusqu'à me proposer du gâteau et du café en m'invitant à entrer chez elle. Tu sais, je pense qu'elle n'est pas comme Brigitte. D'après moi, cette femme a du cœur.

— Je fais quoi, maintenant ?

— Tu y retournes avec des fleurs et tu t'excuses. Tu lui expliques à quel point sa sœur était vénale et tu te fais plaindre tout en restant charmant avec elle.

Voyant son patron furieux à l'idée de devoir ramper, il ajouta.

— Si tu veux le gamin, tu n'as pas d'autre choix, j'en ai bien peur.

— Bon, je ne risque rien à essayer, non ?

— Effectivement.

4

Assise dans le salon, Jeanne se maudissait de l'avoir renvoyé si vite. Quelle imbécile ! Elle s'en voulait d'autant plus qu'elle était du genre calme et pas du tout colérique. Mais, l'arrogance de cet homme l'avait mise hors d'elle. Le fait qu'il suggère qu'elle puisse être capable de vendre un enfant également. Et maintenant, elle était bien avancée. Elle n'avait aucune idée de l'endroit où se trouvait son neveu et il n'y avait que Leandros Bauer qui pouvait l'aider à le récupérer. Que faire ? Elle avait beau chercher, rien ne lui venait à l'esprit.

En apprenant que Brigitte lui avait confié la garde de son fils, elle avait d'abord été très surprise évidemment, mais avait aussi ressenti une joie extrême. En effet, si elle avait depuis longtemps accepté de finir sa vie seule, le fait de ne probablement jamais avoir d'enfant l'avait toujours peinée. Maintenant qu'elle n'avait plus de famille, ce manque se faisait plus intense encore. Surtout à mesure que les années défilaient.

Et d'un coup, voilà qu'on lui annonçait qu'elle serait légalement la mère d'un bébé. Quelle nouvelle inespérée ! Qu'il fut le fils de sa sœur importait peu, car selon elle, tout était question d'éducation et d'amour. Elle s'occuperait bien de cet enfant, le chérirait comme si c'était elle qui l'avait mis au monde. Et ce maudit Leandros Bauer ne pourrait pas l'en empêcher. Sauf que pour le moment, lui seul savait comment elle devait s'y prendre pour le retrouver.

De plus, elle venait de se délester d'une sacrée partie de ses économies. Si elle avait pu s'arranger avec lui pour le rembourser au fur et à mesure, elle se serait assurée d'avoir de quoi subvenir à ses besoins ainsi qu'à ceux du petit, pour les deux années à venir. Maintenant, les choses allaient devenir plus délicates. En même temps, il lui semblait que pour permettre au bébé de s'adapter à elle, il valait mieux prendre une année sabbatique afin de pouvoir pleinement s'occuper de lui. Encore faudrait-il pour cela qu'elle sache où il était !

Plongée dans ses pensées, elle n'entendit pas tout de suite la sonnette retentir. Ce ne fut qu'au second tintement, plus impérieux cette fois, qu'elle se leva pour ouvrir. Ce qu'elle vit la laissa bouche bée. Devant elle se trouvait Leandros Bauer, tenant à la main un énorme bouquet de roses rouges. Discrètement, elle sourit avant de s'effacer pour le faire entrer. À son air gêné, elle supposa que lui aussi s'en voulait de s'être emporté.

Il revint dans le salon, avant de se tourner vers elle et de lui tendre les fleurs.

— Pour vous… dit-il simplement.

Toutefois, face à son regard interrogateur, il se crut obligé de préciser.

— Je regrette de vous avoir traitée de la sorte. Je n'ai pour seule circonstance atténuante que le fait que votre sœur était une femme matérialiste qui aurait fait n'importe quoi pour de l'argent. J'ai tout naturellement supposé que vous pouviez être comme elle, biaisa-t-il, faussement contrit ?

L'excuse était tout à fait valable quand on connaissait Brigitte, songea Jeanne avec tristesse. Qu'elles soient sœurs lui avait toujours porté préjudice. Il en était apparemment encore ainsi. Avec un calme olympien, elle lui proposa de prendre place. À son regard, elle avait tout de suite compris qu'il n'était pas désolé du tout. Il n'agissait de cette façon que parce qu'elle avait quelque chose qui l'intéressait plus que tout : la garde de Thomas.

Afin de ne pas lui faciliter trop la tâche, elle prit le temps de mettre les fleurs dans un vase qu'elle posa sur son bureau. Ensuite seulement, elle s'installa tranquillement, tandis qu'il semblait piaffer d'impatience. Cela la fit sourire intérieurement. De toute évidence, ce type n'était pas habitué à ce qu'on le fasse attendre.

En s'asseyant à nouveau dans le fauteuil, elle ne put s'empêcher de l'admirer. Ses traits racés frôlaient la perfection. Seule une petite cicatrice près de son sourcil droit venait altérer cette harmonie. Loin de l'enlaidir, cette marque conférait un côté humain à son visage presque trop parfait. Mais, ce qui la troublait le plus, c'était ce mélange d'autorité et de virilité brute qui lui donnait un pouvoir quasi magnétique. C'était un homme, un vrai, de ceux qu'on ne rencontre que rarement et qui vous laissent une impression durable.

— Je crois qu'il faut que je vous explique la situation, reprit Leandros, la faisant instantanément revenir sur terre. J'aurais d'ailleurs été bien mieux avisé de commencer par là, ajouta-t-il d'un air embarrassé qui ne la berna cependant pas.

Ce type lui jouait la comédie. Fort bien du reste, mais il n'était pas sincère. C'était évident pour Jeanne. Néanmoins, elle décida de faire comme si. Cette fois, elle ne se braquerait pas, mais le laisserait parler. Il était primordial d'agir ainsi, car c'était l'unique moyen de localiser Thomas. Aussi, l'écouta-t-elle attentivement lorsqu'il lui exposa la problématique.

— Comme je vous l'ai indiqué lors de notre première conversation téléphonique, mon frère a également trouvé la mort dans cet accident. Mes parents en ont été anéantis et je sais qu'ils ne s'en remettront jamais. Thomas est tout ce qui nous reste de Nikos. C'est aussi l'héritier de la fortune familiale. Nous ne sommes pas milliardaires, loin de là. Ceci dit, mon père et mon grand-père ont travaillé dur toute leur vie pour bâtir notre société spécialisée dans le tourisme de luxe. Nous possédons une douzaine d'hôtels, ainsi que plusieurs villas que nous louons à une clientèle de privilégiés. Au jour d'aujourd'hui, tout reviendra à Thomas, puisque je n'ai pas d'enfant.

— Et en quoi suis-je concernée ? Qu'est-ce qui m'empêcherait de m'occuper de lui et de vous le ramener durant les vacances ? L'Autriche n'est pas si éloignée de la Lorraine que je sache.

— Mais, que faites-vous de mes parents qui sont si affligés par la perte de leur plus jeune fils ? Ne croyez-vous pas qu'ils ont aussi le droit de le voir grandir ? Doivent-ils se contenter d'une petite visite de temps en temps lorsque vous l'aurez décidé ?

— Non, bien sûr, murmura Jeanne, mal à l'aise.

Elle compatissait sincèrement avec la douleur de ces gens, mais que pouvait-elle y faire ? Elle n'allait pas leur laisser le bébé que lui avait confié sa sœur, son unique chance d'être mère, juste pour alléger leurs souffrances. Cela ne l'empêcha pourtant pas d'avoir soudainement mauvaise conscience. Les choses n'étaient pas aussi simples qu'elle l'avait imaginé et elle devrait composer avec cette famille puissante. Elle pressentait qu'il avait minimisé leur position sociale, ainsi que leur aisance financière. Ce ne serait pas facile de faire valoir ses droits face à eux. N'était-il, dans ces conditions, pas souhaitable d'essayer de trouver un compromis qui puisse satisfaire tout le monde ?

— Jeanne, murmura-t-il sur un ton presque suppliant, en votre âme et conscience, êtes-vous prête à retirer à de braves gens qui sont plongés dans un chagrin sans nom, la seule source de bonheur qui peut encore leur rester ? Allons, je ne peux pas le croire ! Votre sœur était une garce capricieuse et égoïste, mais vous n'êtes pas comme ça, n'est-ce pas ?

— Effectivement, nous étions aussi différentes qu'une colombe et un taureau. C'est sans doute pour cela que nous n'étions pas proches. Hélas, cela ne change rien au problème. Je veux bien faire des concessions, soyez-en assuré, mais j'ai vraiment envie de respecter les dernières volontés de Brigitte et de m'occuper de cet enfant. Et malheureusement, je ne vois pas comment nous pourrions trouver une solution qui satisfasse tout le monde.

— Il y a une heure, vous ignoriez l'existence de Thomas, lui répondit-il un peu plus péremptoire, ce qui eut le don de rendre la jeune femme aussitôt méfiante.

Elle ne devait en aucun cas se laisser manipuler, sinon avant qu'elle ait eu le temps de réaliser ce qui lui arrivait, il l'aurait roulée dans la farine.

— Peut-être. Mais maintenant, je suis au courant, donc la donne a changé. Je suis désolée, mais vous ne pourrez pas faire sans moi.

— Très bien. J'ai compris, admit-il après quelques instants de silence. Dans ces conditions, il ne reste qu'une solution. Vous venez vivre en Autriche, chez nous, et comme cela vous pourrez prendre soin de lui, sans pour autant que mes parents en soient lésés. Qu'en pensez-vous ?

— C'est impossible. J'ai une vie ici, un travail, une maison. Je ne peux pas tout abandonner du jour au lendemain pour m'exiler dans un pays où je ne connais personne, juste pour vous faire plaisir, fit-elle valoir d'une voix douce, voulant à tout prix tempérer son refus

— De quel travail parlez-vous ? De ce petit poste d'ouvrière qui ne vous offre aucune perspective d'avenir et que vous allez probablement perdre dès la semaine prochaine ? Vous ne pouvez pas m'opposer un tel argument en sachant que sous peu vous serez au chômage.

— Comment êtes-vous si bien renseigné ? lui demanda-t-elle, soudain suspicieuse.

Leandros parut surpris. De toute évidence, il n'avait pas songé un instant qu'elle puisse se poser la question. Toutefois, elle le vit rapidement reprendre contenance. C'était fou comme cet homme pouvait se contrôler ! Elle avait beau essayer, elle était tout à fait incapable de deviner ce qu'il pensait. Il lui semblait totalement impénétrable, hermétique.

— J'ai été obligé de faire appel à un détective pour vous retrouver. Il a également glané des renseignements, afin que je sache à qui j'aurais affaire. Il était normal que je m'informe sur celle à qui Brigitte avait confié la garde de mon neveu.

Jeanne ne trouva rien à redire. Même si le procédé lui paraissait discutable, elle comprenait. Surtout quand on connaissait sa sœur. Sans doute, dans sa situation, aurait-elle agi de manière identique.

Leandros observa cette jeune femme au physique si ingrat. Avec ses grosses lunettes qui lui recouvraient le visage, elle n'avait décidément aucun charme. Maintenant qu'il l'avait vue de près, il ne mettait plus son âge en doute. Sa peau mate était aussi lisse que celle d'une pêche. *« N'empêche qu'elle pourrait s'arranger un peu »*, jugea-t-il avec sévérité. On aurait dit qu'elle faisait tout pour s'enlaidir volontairement. L'exact contraire de Brigitte qui traquait la plus petite imperfection. Mais après tout, ce n'était pas son problème, si ça ne la dérangeait pas de passer pour le vilain petit canard. S'extirpant de ses pensées, il décida d'abattre sa dernière carte, certain qu'il serait capable de la faire plier à présent.

— Je ne vous ai pas tout dit, enchaîna-t-il, sans plus attendre. Thomas se trouve actuellement en Grèce.

— En Grèce ? Mais que fait-il là-bas ? Vous êtes bien Autrichien, non ?

— Oui, mais mon frère vivait à Corfou depuis quelques mois et votre sœur louait un appartement à Athènes. Bref, quand ils sont morts, Thomas a été placé dans une famille d'accueil des faubourgs d'Athènes par les services sociaux.

— Vous n'avez pas pu le récupérer ?

— Non. Et ce n'est pas faute d'avoir essayé, mais il y a deux problèmes majeurs à cela. Primo, c'est à vous que Brigitte a confié la garde. Donc, vous seule avez le droit de lui faire quitter le territoire.

— Et la seconde raison ?

— Secundo, Brigitte était sous le coup d'une plainte pour mauvais traitements et négligence grave sur son bébé.

— Quoi ? s'exclama Jeanne abasourdie. Oh non ! Ce n'est pas vrai ! Dites-moi qu'elle n'a pas fait cela !

— Malheureusement, si. Thomas présente des carences. C'est un enfant sous-alimenté et il portait des marques sur le corps. C'est la baby-sitter que votre sœur avait engagée qui a donné l'alerte. Depuis, impossible pour nous de l'approcher. Le problème, c'est qu'une enquête a été ouverte, ce qui signifie que Thomas ne peut pas quitter le territoire grec avant au moins un mois, le temps que tout soit clos puisque comme Brigitte est morte, les poursuites seront abandonnées. De plus, autant vous prévenir tout de suite, les services sociaux risquent de pinailler et de vous mettre des bâtons dans les roues, ajouta-t-il, extrêmement sérieux.

Il estima cependant inutile de préciser que la nounou de Thomas avait agi à sa demande et contre rétribution, et que la plainte avait été déposée par sa famille.

— Pourquoi cela ? questionna Jeanne, déjà en train de s'interroger sur la manière dont elle pouvait s'organiser pour vivre durant tout un mois en Grèce.

— Croyez-vous sincèrement qu'ils vont vous remettre le bébé et vous laisser quitter le pays sans faire la moindre difficulté, alors que vous êtes la sœur de sa mère ? Une mère qui le maltraitait, je vous le rappelle. Vous êtes étrangère, vous ne parlez pas la langue et, de plus, vous n'avez plus d'emploi. Je pense franchement qu'il vous sera impossible de venir à bout des rouages du système, surtout par les temps qui courent.

— Par les temps qui courent ? interrogea Jeanne, perplexe.

— Avec la crise qui secoue la Grèce, l'administration, mais également les services judiciaires, ont été pointés du doigt. Une telle corruption y règne que cela a réellement provoqué de sérieux questionnements quant à la probité de ces fonctionnaires. Du coup, ils font maintenant preuve d'un excès de zèle effrayant. J'en ai fait l'amère expérience, puisque je n'ai même pas pu voir

Thomas, ne serait-ce que cinq minutes. Alors, imaginez ce qui se passera quand vous demanderez à retourner avec lui en France, insista-t-il d'une voix qui, cette fois, ne laissait aucun doute sur la sincérité de ses propos.

— Ce que je ne comprends pas, c'est que Thomas est Autrichien par son père et Français par sa mère. Comment peuvent-ils, dans ces conditions, le retenir en Grèce ?

Jeanne voulait à tout prix espérer qu'il y avait une solution pour le ramener rapidement, une brèche juridique dans laquelle ils pourraient s'engouffrer, afin que les démarches soient accélérées.

— Thomas est né en Grèce. Savez-vous ce qu'est le droit du sol ?

— Oui.

— Alors, vous n'ignorez pas qu'il est également Grec. Cela leur donne tous les pouvoirs. Si au moins, il était bien soigné !

— Quoi ? Qu'est-ce que c'est que cette histoire ?

— Tout le paradoxe de l'administration grecque. Nous ne sommes pas autorisés à nous occuper de lui, prétendument pour son bien-être. Mais, il a été confié à une famille d'accueil d'un des quartiers les plus pauvres d'Athènes et vit dans des conditions épouvantables. C'est un enfant fragile qui a besoin de soins constants. Or, ce n'est actuellement pas le cas. Jeanne, vous devez m'aider à le récupérer. Il en va de sa vie, car d'après mes renseignements, il se nourrit très peu. Trop peu pour se développer correctement. Nous devons échafauder un plan de bataille pour parvenir à le ramener. J'ai vraiment besoin de vous pour cela. Seul, je n'arriverai à rien.

Jeanne eut un sourire, malgré la gravité de la situation. Comme il devait être difficile pour cet homme à l'ego surdimensionné de solliciter son aide ! Elle voyait bien à quel point cette démarche lui coûtait. De toute évidence, il n'avait pas d'autre choix. Toutefois, un doute subsistait dans l'esprit de la jeune femme et elle ne put s'empêcher de lui demander :

— Comment se fait-il que vous connaissiez si bien la législation grecque, alors que vous êtes Autrichien ?

— Ma grand-mère maternelle était Grecque, ou plutôt Crétoise. Il y a une vingtaine d'années, mes parents ont acheté une villa tout près de notre hôtel. Voilà pourquoi je parle assez bien le grec pour être compris. J'y ai séjourné très souvent durant les vacances. C'est aussi pour cela que mon père avait envoyé mon frère là-bas. Nous possédons un établissement à Corfou et il était chargé de superviser la rénovation du bâtiment. Il y est resté relativement longtemps, si bien que Thomas est né à Athènes. Alors, êtes-vous prête à me soutenir ?

— Bien entendu. Je ferai ce que vous voudrez…

À ces mots, Leandros ne put s'empêcher d'avoir un petit sourire satisfait. Parfait ! L'opération « *manipulation* » était maintenant lancée. Jeanne l'aiderait à récupérer Thomas et ensuite il lui pourrirait tellement la vie, qu'elle ne songerait plus qu'à se sauver en courant. Alors, il jouirait de la garde pleine et entière de son neveu et la sœur de Brigitte pourrait bien aller à Tombouctou ou au Népal, il s'en moquait totalement.

Durant les deux heures qui suivirent, il lui demanda divers documents et certificats pour constituer le dossier à présenter aux services sociaux. Il fut surpris de la rapidité avec laquelle elle retrouvait tous les papiers. Apparemment, elle était organisée et archivait tout ce qui était important.

Afin de se mettre à l'aise, il retira sa veste ainsi que sa cravate et ouvrit le col de sa chemise, avant de rouler les manches sur ses avant-bras. Du coin de l'œil, il remarqua qu'elle se raidissait et en conçut une vive satisfaction. Elle était troublée. Tant mieux, elle se plierait encore plus facilement à sa volonté. Heureusement pour lui, elle n'avait aucun charme. Si elle avait été belle, les choses auraient sans doute été moins aisées. Mais là, comme elle ne l'attirait pas le moins du monde, il n'avait aucun souci à se faire. Il garderait toujours le contrôle des évènements.

En début de soirée, elle lui proposa de rester dîner et il accepta aussitôt. Lorsqu'elle lui demanda de chercher Constantin, il cilla, mais obtempéra. Le plus dur était fait et étant donné que son ami connaissait la situation, il pouvait aussi bien assister au repas. Après tout, cela faisait des heures qu'il patientait dans la voiture. Et puis, ils ne seraient pas trop de deux pour la convaincre.

Une vingtaine de minutes plus tard, alors qu'une délicieuse odeur s'échappait de la pièce d'à côté, Jeanne appela les deux hommes, occupés à discuter dans le salon. Quel bonheur de préparer à nouveau à manger pour quelqu'un, songea-t-elle, toute réjouie d'éviter un repas en solitaire devant la télévision.

Elle les pria de s'installer dans la cuisine, où elle avait dressé le couvert, avant de sortir une quiche du four. Elle l'avait confectionnée le matin même, au cas quelqu'un resterait pour dîner. Après tout, elle avait prévenu plusieurs personnes résidant à plus de cent kilomètres. Toutefois, comme aucun d'entre eux n'avait fait le déplacement, toute cette nourriture était sur le point d'être gâchée.

Elle la posa sur la table avant de leur servir de généreuses parts. Puis, elle remua la salade et en ajouta sur chaque assiette.

En silence, ils entamèrent le repas avant que Constantin ne la complimente sur sa cuisine. Leandros, pour sa part, savourait ce met simple et goûteux, se rendant compte qu'il mourait de faim. En effet, depuis plusieurs jours, la gravité de la situation lui avait coupé l'appétit. Maintenant qu'il commençait à en entrevoir le bout, il était nettement moins inquiet. Amusé, il ne put s'empêcher de comparer les deux sœurs et de lui faire part de ses réflexions.

— C'est intéressant de constater que vous êtes bien plus douée que Brigitte pour préparer à manger.

— Ce n'est pas très compliqué, répliqua Jeanne en éclatant de rire. Brigitte était tout à fait incapable de se faire cuire un œuf ! Je crois qu'elle n'a jamais pris une casserole en main.

— Mais, qui cuisinait alors ? demanda Constantin.

— C'était moi, le plus souvent. J'ai toujours aimé ça. Déjà à l'âge de huit ans, je préparais les repas, ajouta-t-elle en souriant.

Leandros soupçonna qu'elle n'avait peut-être pas tout à fait eu le choix. Toutefois, ce ne fut pas cela qui le déstabilisa, mais le rire de la jeune femme. Il était profond, légèrement voilé et terriblement sensuel. En l'entendant, il avait senti un frisson lui parcourir la colonne vertébrale. Le timbre de Jeanne résonnait comme une douce musique à son oreille, tandis qu'elle discutait tranquillement avec Constantin. Il était grave et un peu rauque, tellement différent de celui de Brigitte qui ressemblait à une crécelle. D'ailleurs, chaque fois que cette dernière avait ouvert la bouche, le son qu'elle produisait lui avait vrillé les tympans.

Comment un laideron, si mal fagoté, pouvait-il avoir une voix si agréable, si sensuelle ? Autre chose l'intrigua. Constantin semblait complètement sous le charme. Or, il connaissait son employé et celui-ci était plutôt difficile dans ses relations amoureuses. Il plaisait et n'avait que l'embarras du choix. Des possibilités moindres que celles dont il disposait, mais quand même. Alors, pourquoi se montrait-il si réceptif à cette femme qui ne ressemblait à rien ? Parce qu'avec sa tenue de grand-mère, elle n'avait vraiment rien de sexy. Ses épais collants beiges et son chignon n'arrangeaient rien à l'affaire. Un vrai tue-l'amour.

Alors qu'elle leur servait le dessert, ainsi que le café, il repartit à l'offensive.

—Je pense que nous avons réglé toute la partie administrative de notre problème. Il nous reste le plus important, commença-t-il en entamant la douceur posée devant de lui.

Bon sang ! Cette mousse au chocolat était une tuerie ! Jamais il n'en avait mangé d'aussi bonne et, s'il s'était écouté, il aurait léché le ramequin. Elle lui en proposa une autre qu'il accepta en la félicitant vivement sur ses talents de pâtissière. La jeune femme en rougit de plaisir.

—Bien, pour en revenir à ce qui nous préoccupe. Il reste le problème de votre situation.

—Comment ça, ma situation ? s'exclama Jeanne, ne comprenant pas où il voulait en venir.

—Eh bien, oui, poursuivit-il, vous vivez seule et bientôt vous n'aurez plus de travail. Je peux vous certifier que c'est un obstacle de taille !

—Mais rien n'est encore fait, protesta-t-elle.

—Vous savez que c'est plié, alors pourquoi dites-vous le contraire ?

Elle baissa la tête, vaincue. Il avait raison et elle n'était pas d'assez mauvaise foi pour continuer à nier l'évidence. La veille au soir, le délégué syndical l'avait appelée pour lui annoncer la nouvelle. Il regrettait sincèrement, mais il n'avait rien pu faire pour elle. La lettre de licenciement lui parviendrait dans les jours à venir et étant donné le nombre de congés auxquels elle avait encore droit, elle pouvait d'ores et déjà demeurer chez elle. Elle devrait simplement y retourner le lendemain afin d'emporter le reste de ses affaires, encore dans son casier, et signer le solde de tout compte.

— Effectivement, j'ai eu la confirmation, hier au soir, de mon renvoi, finit-elle par admettre à contrecœur.

— Donc, je récapitule. Vous êtes seule et sans emploi. Constantin, combien de chances a-t-elle de récupérer Thomas dans ces conditions ? demanda-t-il en se tournant vers son assistant.

— Aucune, répondit ce dernier d'un air navré. Je suis désolé, Jeanne, mais dans l'état actuel des choses, personne ne vous confiera la garde du petit, même si vous en avez légalement le droit.

— Alors que faire ?

— Je tiens à ce que vous vous engagiez par écrit à vivre en Autriche avec moi. Matériellement, les conditions seraient ainsi largement remplies, expliqua Leandros.

— Et il faudra vraiment que je m'installe chez vous ?

— Pour la première année, je pense que vous n'avez pas le choix. Passé ce délai, nous pourrons toujours trouver un arrangement dans votre intérêt et dans celui de ma famille. Reste votre statut de célibataire…

— Ce n'est pas un crime, que je sache, de ne pas avoir d'homme dans sa vie ! s'exclama-t-elle, piquée à vif. Nous ne sommes plus au Moyen Âge !

— Bien sûr, mais ce n'est pas gage de stabilité. Comme je suis moi aussi dans ce cas de figure, ma situation ne vaut pas mieux que la vôtre.

— Alors que suggérez-vous ? Parce que je sens que vous avez déjà un plan, fit-elle remarquer en redressant ses lunettes sur son nez.

— Je propose de vous épouser.

— Quoi ? Mais, mais…

— Permettez-moi de vous expliquer, rétorqua Leandros, agacé.

Décidément, elle démarrait au quart de tour ! Ne pouvait-elle pas se taire deux minutes et le laisser parler ?

— Il n'y a rien à dire, répondit la jeune femme. Votre idée est complètement surréaliste et vous êtes un grand malade si vous imaginez cinq secondes que je vais vous suivre sur cette voie. Je ne vous connais même pas. Si ça se trouve, vous êtes un tueur en série ou un psychopathe.

— Mais, ça suffit oui ? Vous regardez trop la télévision, ma petite !

— Ma petite ! Je ne suis pas votre petite, s'indigna-t-elle, énervée par le ton condescendant qu'il employait.

— Et vous n'êtes pas ma grande, non plus. Alors, taisez-vous et laissez-moi m'expliquer, bon sang ! Ce ne serait qu'un mariage de façade, pour nous permettre de récupérer Thomas le plus vite possible. Un contrat à durée déterminée d'un an, pendant lequel nous vivrions sous le même toit et rien de plus. Vous aurez votre chambre et il ne se passera jamais rien, soyez sans crainte. Vous n'êtes pas mon genre du tout ! lança-t-il sous le coup de la colère, tout en regrettant ses paroles à l'instant où il les prononça.

— Non ! Pas vrai ! Jamais je ne m'en serais doutée, ironisa-t-elle, tentant vainement de cacher à quel point ses propos l'avaient blessée.

— Croyez-vous que ça me fait sauter de joie de vous épouser ? Sachez que je n'ai jamais imaginé me marier pour ces raisons et surtout pas avec une femme que je ne connais ni d'Adam ni d'Ève. Seulement, je n'ai trouvé aucune autre solution.

Maintenant, libre à vous de refuser mon marché. Mais dans ces conditions, vous aurez la vie de cet enfant sur la conscience. Si après cela, vous arrivez encore à dormir et à vous regarder dans une glace, alors cela voudra simplement dire que vous ne valez guère mieux que votre sœur.

Jeanne eut un hoquet d'indignation et fut terriblement déstabilisée par le constat de cet homme, si autoritaire, qui semblait ne tolérer aucune contestation. Elle se tourna vers Constantin, quêtant son soutien, mais celui-ci secoua la tête avant de baisser les yeux. Ils étaient dans un cul-de-sac et la situation était inextricable. Quoi qu'elle décide, elle y perdait.

Soit elle refusait et cela relèverait de sa responsabilité s'il arrivait quelque chose à Thomas. Soit elle acceptait et, dans ces conditions, elle serait obligée de s'expatrier durant une année à l'étranger et de se marier avec l'inconnu qui se trouvait face à elle, si séduisant fût-il. Alors que devait-elle décider ? Elle se tordit les mains avec anxiété, avant de tenter, une ultime fois, de le faire changer d'avis.

— Soyez réaliste, qui croira une chose pareille ? Personne ne peut penser qu'un homme comme vous est tombé amoureux d'une femme telle que moi ! Il faudrait être complètement stupide ou aveugle pour gober une connerie aussi énorme.

— Que voulez-vous dire ?

— Je porte peut-être des lunettes, mais je n'ai pas mes yeux dans ma poche. Et il y a des miroirs dans cette maison. Je sais parfaitement de quoi j'ai l'air.

— Oh, mais soyons bien clairs. Il s'agit d'un mariage blanc, de pure convenance. Il ne sera jamais question d'autre chose en ce qui me concerne.

— Je refuse ! s'exclama Jeanne, vexée par sa franchise brutale. Il doit forcément y avoir une meilleure solution.

— Si vous en trouvez une, prévenez-moi, répondit-il, ironiquement

Leandros se leva et prit sa veste qu'il enfila, puis il fit un signe de tête à Constantin qui l'imita aussitôt. En passant dans le salon, il avisa un synthétiseur électrique derrière le canapé. Il y avait des partitions posées dessus et quelqu'un les avait griffonnées dans tous les sens. Se tournant vers Jeanne qui les suivait, il demanda, curieux.

— Vous faites de la musique électronique ?

— C'est un piano, précisa-t-elle, malgré la tension qui l'habitait. Et oui, il m'arrive d'en jouer, ça me détend.

— Stupéfiant ! fit Leandros, avant de se diriger vers la sortie.

— Oh, vous n'êtes pas au bout de vos surprises, rétorqua la jeune femme en souriant crânement.

— Il semblerait, concéda-t-il.

Puis, debout sur le pas de la porte, il se tourna une dernière fois vers elle, en ajoutant :

— Réfléchissez à ma proposition, je vous rappellerai demain matin. Merci pour le repas.

— Bonne soirée, les salua-t-elle avant de refermer la porte.

En revenant vers la cuisine pour laver la vaisselle, Jeanne se demanda vraiment ce qu'il convenait de faire. Jamais elle n'aurait imaginé, ne fût-ce qu'une seconde, qu'il lui tiendrait un tel discours.

De plus, dans son esprit, tout avait toujours été clair. Elle n'était pas le genre de femme qui plaisait aux hommes et elle s'était faite à l'idée de ne jamais faire sa vie avec l'un d'entre eux. Pour autant, jeune, elle avait rêvé d'avoir un amoureux bien à elle, avec qui elle se serait mariée et aurait eu des enfants.

Alors, épouser un tel spécimen, quelle étrange possibilité. Pas si désagréable que cela, à vrai dire.

Quitte à convoler une seule et unique fois, autant que ce soit avec un type exceptionnel.

Toutefois, elle revint rapidement à la réalité. Vivre avec lui équivaudrait à aller directement en enfer par le chemin le plus court. Comment ne pas imaginer les sollicitations des autres femmes que son physique avantageux devait attirer inévitablement ? Comment ne pas supposer que certaines d'entre elles finiraient dans son lit pendant qu'elle serait solitaire dans le sien ? Il la trouvait horrible, cela se voyait dans son regard, et elle ne pouvait pas l'en blâmer.

En grimaçant, elle s'approcha d'une glace et s'y contempla. Elle était fagotée avec de vieux vêtements ayant appartenu à sa mère, parce qu'elle n'avait pas eu le temps de s'acheter une tenue correcte. Et puis, pour la petite heure que durait la messe, elle n'avait pas jugé utile de faire des frais.

Son vrai problème venait de ses yeux. Depuis sa plus tendre enfance, elle souffrait d'une myopie sévère, doublée d'un léger strabisme convergent qui l'avait toujours complexée. Comme en plus de cela, s'était ajoutée une hypermétropie grandissante, elle était affublée de verres épais et teintés qui dissimulaient le fait qu'elle avait une tendance à loucher.

Il ne lui était pas possible de porter des lentilles, car elle ne les supportait pas. Il restait l'option de l'opération. Si la médecine avait fait beaucoup de progrès dans ce domaine, elle n'était pas encore prête à cela. Pourquoi ? Sans doute, parce qu'il était réconfortant pour elle de se cacher derrière ses lunettes.

Ces derniers temps, elle y avait songé de plus en plus souvent, sans avoir toutefois le courage de consulter. Maintenant, en y réfléchissant bien, elle regrettait de ne pas l'avoir fait, surtout depuis qu'elle avait rencontré Leandros Bauer. Elle aurait adoré qu'il la regarde comme une femme attirante, qu'il brûle de désir pour elle. Hélas, cela n'était pas arrivé et ne se produirait sans doute jamais, mariée ou non avec lui.

Alors que faire ? Incapable d'avoir la moindre pensée cohérente, elle termina rapidement de ranger la pièce, avant de se diriger vers son piano. À défaut de lui donner son avis, il l'aiderait à se calmer. Et ce fut effectivement le cas, puisque quelques minutes plus tard, elle avait complètement oublié ce qui l'entourait, comme chaque fois qu'elle jouait.

Elle commença par les Gymnopédies d'Éric Satie, morceau relativement difficile, avant d'enchaîner avec le Clair de lune de Debussy. Puis, elle se remit à travailler sur la partition qu'elle était en train d'étudier.

En raison de ses problèmes de vue, la tâche était ardue, car elle était presque obligée d'apprendre les notes par cœur. Mais, elle adorait cela et, sans vantardise, se savait excellente musicienne.

Elle avait été à bonne école, puisque l'une de ses voisines, décédée aujourd'hui, était professeur au conservatoire. Cette vieille fille avait pris l'enfant, toujours seule dehors, en pitié. Alors, au même titre que d'autres habitants, elle la recueillait durant la journée et avait fini par lui donner des leçons de piano quotidiennes. Jeanne avait été une élève assidue et avait participé à ses cours pendant presque quinze ans. Chaque jour, elle s'était entraînée pour montrer à cette dame, si adorable, qu'elle ne perdait pas son temps avec elle. C'était, du reste, la première fois que quelqu'un l'avait appréciée à sa juste valeur.

5

En s'installant dans l'avion, en compagnie de Constantin, Jeanne se demanda pour la centième fois si elle ne faisait pas une erreur monumentale. Comment en était-elle arrivée à accepter la proposition de cet homme qu'elle connaissait à peine ? Elle était incapable de l'expliquer, mais lorsqu'il était revenu la voir le lendemain, et alors qu'elle s'apprêtait à refuser à nouveau, elle s'était entendue dire oui.

Ensuite, elle avait signé un contrat en allemand avec une traduction française qu'elle avait à peine lue, même si elle comprenait parfaitement que Leandros veuille protéger sa fortune. Pour sa part, elle ne demandait rien, hormis le droit de s'occuper d'un enfant qui avait besoin d'elle et qui se trouvait quelque part dans les faubourgs d'Athènes.

La seule condition qu'elle avait imposée était d'attendre d'être en Grèce et de ne se marier que si cela se révélait réellement indispensable. Après tout, peut-être tomberaient-ils sur un juge compréhensif qui se rendrait compte que Thomas n'avait rien à craindre d'eux. Son interlocuteur avait eu une moue sceptique, mais s'était incliné.

Cette rencontre avait eu lieu quatre jours auparavant et depuis, l'ouragan Leandros était passé par là. Dès le moment où elle avait donné son accord, il avait pris les choses en main. Ses effets personnels avaient été récupérés par Constantin à son travail et ce dernier l'avait aidée à empaqueter ses affaires. Le changement d'adresse avait été effectué et une partie de ses bagages avait été envoyée directement à Salzbourg. Elle n'avait gardé que de quoi se vêtir en Grèce.

En cette mi-septembre pluvieuse, Jeanne eut soudain hâte de découvrir ce pays ensoleillé. Cela lui ferait un bien fou. Toutefois, et paradoxalement, la jeune femme était terrifiée à l'idée de quitter son univers, le seul qu'elle eut connu. Elle laissait sa maison et son village pour au moins un an. Selon leur contrat, ils allaient vivre ensemble durant douze mois, le temps qu'aient été finalisées les formalités d'adoption de Thomas.

En effet, Leandros souhaitait légaliser les choses. Il voulait être son père à part entière. La seule inconnue de cette équation, presque parfaite, était ce qui se passerait lorsque leur accord arriverait à son terme. Néanmoins, elle ne s'inquiétait pas outre mesure, car elle n'imaginait pas qu'un tribunal, quel qu'il soit, puisse la séparer de son fils, au moment de leur divorce. Elle se montrerait aimante et digne de confiance, et ensuite, quand la période serait échue, ils trouveraient une solution amiable pour que personne ne soit lésé, tout en se préoccupant du bien-être de Thomas avant tout.

En songeant à ce bébé qui serait bientôt le sien, elle ressentit un frisson d'excitation, impatiente de le serrer contre elle. Le fait de savoir qu'il était négligé avivait plus encore cet instinct de protection.

Leandros l'attendait à Athènes où il s'était rendu, deux jours auparavant, pour préparer leur séjour. Il l'avait prévenue qu'il serait souvent en déplacement, ne pouvant pas laisser tomber ses affaires durant un mois entier. Comme ses parents avaient décidé de vendre l'hôtel et la villa de Corfou qui leur rappelaient trop cruellement la perte de leur fils, il avait loué une maison sur l'île de Poros. L'endroit, d'après ce qu'elle avait vu sur internet, était calme et assez proche de la capitale grecque.

Thomas et elle pourraient y résider en toute quiétude, prendre le temps de se découvrir et de s'adopter l'un l'autre. Ce serait une aventure formidable que d'aider ce petit bout de chou, déjà si durement éprouvé par la vie, à s'épanouir auprès de la mère attentionnée qu'elle allait devenir. Enfin quelqu'un dont elle pourrait prendre soin et qui l'aimerait pour ce qu'elle était. Le seul bémol à cette joie était Leandros lui-même. Vivre aux côtés de cet homme, aussi autoritaire que despotique, ne serait probablement pas une sinécure. Mais, elle ferait de son mieux.

Constantin, assis dans le siège voisin, s'assura qu'elle ne manquait de rien. L'assistant de celui qui allait peut-être devenir son mari était charmant et, d'après ce qu'elle avait pu observer, d'une loyauté à toute épreuve.

Ces trois derniers jours, il l'avait épaulée dans toutes les démarches qu'elle devait effectuer en vue de son départ. Le matin même, il était venu la chercher au volant d'une voiture de location. Ils avaient gaiement discuté jusqu'à l'aéroport de Strasbourg, d'où décollait leur vol pour Athènes. Dès le début, Jeanne avait ressenti une grande sympathie pour cet homme au physique avenant.

Pour tromper l'anxiété qui commençait à la gagner à l'idée de revoir Leandros, la jeune femme sortit son I-Pod de son sac et s'apprêtait à mettre les écouteurs dans ses oreilles, lorsqu'il lui demanda quels artistes elle aimait. Quand elle l'en informa, il parut sincèrement étonné.

— C'est étrange, parce que ce n'était pas ce qu'affectionnait Brigitte ! s'exclama-t-il, tandis qu'elle lui faisait entendre de la musique classique.

— Oh ! « Body, body physical, sex on rock'n roll », plaisanta Jeanne qui connaissait les goûts de sa sœur.

— Exactement. Je déteste cette chanson, s'amusa Constantin en se rappelant l'air que la blonde passait en boucle.

— Moi aussi. Mais, j'apprécie la pop quand même, je ne me cantonne pas qu'à un seul genre. Ma préférence va vers les morceaux instrumentaux, mais j'écoute également U2 et Coldplay.

— Quel éclectisme !

— N'est-ce pas… répondit son interlocutrice en mettant les écouteurs sur ses oreilles.

Elle aimait s'isoler dans son monde en s'oubliant dans la musique. Cela lui permettait de ne penser à rien et de se détendre. Pourtant, durant tout le reste du voyage, elle n'y parvint pas. Elle n'arrivait pas à se sortir le bel Autrichien de la tête et se sentait toute chose à l'idée de se marier avec lui, même si leurs sentiments n'étaient pas censés entrer en ligne de compte.

Lorsqu'enfin l'avion atterrit sur la piste de l'aéroport Eleftherios d'Athènes, Jeanne essuya ses paumes moites sur son jean. Elle avait du mal à respirer, tant l'angoisse lui nouait l'estomac. Elle allait devoir dominer sa peur viscérale de l'inconnu pour s'engager dans cette aventure qui débutait dès maintenant.

Constantin posa sa main sur la sienne, comme pour lui donner du courage, et elle la serra, le remerciant silencieusement de sa sollicitude. Puis, inspirant un bon coup, elle se leva et se plaça dans la file des voyageurs qui se pressaient pour quitter l'avion. Il faudrait encore passer la douane, avant de pouvoir rejoindre Leandros qui les attendait. Du moins, était-ce, ce qui était prévu.

Ils durent patienter quarante-cinq minutes supplémentaires, avant de pouvoir enfin déboucher sur le hall. Et effectivement, l'Autrichien était là, l'oreille rivée à son portable. En le voyant, Jeanne sentit l'air se raréfier dans ses poumons. Waouh, quel homme ! Quelle classe !

Son port de tête avait quelque chose de royal. Et son élégance extrême ne masquait pas l'impression de virilité presque animale qui émanait de lui. Vêtu d'un jean sombre, taille basse, et d'une chemise blanche dont il avait retroussé les manches, il renvoyait l'image d'un top model posant pour un magazine de mode. D'ailleurs, elle n'était visiblement pas la seule à l'admirer, puisque plusieurs femmes de tous âges se retournèrent sur son passage. Cet homme plaisait à la gent féminine, à n'en pas douter. Alors, comment penser qu'il pouvait s'intéresser à elle pour une autre raison que Thomas ? Mais enfin, il n'y avait même pas lieu de songer à cela, c'était totalement incongru ! Tout au plus pourraient-ils devenir amis, ce qui n'était déjà pas si mal.

Elle espérait qu'il en serait ainsi, faute de quoi, leur vie de couple se révèlerait vite compliquée. Et Jeanne ne supportait pas de vivre dans un environnement hostile. Son caractère timide, même si elle était volontaire, ne s'en accommodait pas. Sans doute étaient-ce des traces indélébiles de son enfance et de son adolescence, avec des parents qui la détestaient sans jamais lui avoir donné la moindre chance de leur plaire.

En approchant, elle le vit sourire chaleureusement à Constantin qui la précédait. Lorsque ce dernier s'écarta, il se figea même s'il s'obligea, elle le sentait, à rester cordial. Se penchant vers elle, il attrapa la main qu'elle lui tendait et l'embrassa sur les deux joues, avant de lui murmurer à l'oreille.

— Autant commencer à jouer la comédie tout de suite. L'aéroport est bondé et il se pourrait qu'il y ait parmi tous ces passagers une de mes connaissances. On ne comprendrait pas que je salue ma fiancée ainsi, non ?

— Bien sûr, répondit Jeanne, troublée plus qu'elle ne l'aurait voulu par la proximité de ce grand corps musclé, dont elle pouvait sentir les effluves citronnés, ainsi qu'un parfum différent, un peu plus musqué, qui selon toute vraisemblance était son odeur naturelle.

Mais, il s'était déjà écarté et lui tournait à présent le dos. Alors qu'ils repartaient, il s'entretint avec Constantin en allemand, l'ignorant complètement. Elle n'eut, par conséquent, pas d'autre choix que de les suivre. Cette situation l'agaça prodigieusement, même si elle n'en montra rien.

Constantin s'installa à l'avant du 4X4 noir de Leandros, tandis qu'elle prenait place à l'arrière. Au moment de démarrer, l'Autrichien se tourna vers elle et l'informa des évènements de la journée.

— Nous logerons au Sheraton. J'ai réservé une suite avec trois chambres. Une pour vous, une pour mes parents qui arrivent demain et enfin une pour moi.

Comme cela, personne ne pourra trouver à y redire. Désolé, mais je n'ai pas le temps de vous y déposer pour vous permettre de vous rafraîchir. Nous avons rendez-vous dans une demi-heure chez Irina Hélios, la juge en charge du dossier. Elle a accepté de nous recevoir exceptionnellement.

Puis, il lui tendit un petit écrin de velours noir.

— Mettez-la. Nous expliquerons que nous nous sommes rencontrés quand Brigitte était en vie et que nous sommes devenus amis. Depuis la mort de votre sœur, nous nous sommes rapprochés et nous avons réalisé que nos sentiments dépassaient le stade de la camaraderie. Comme nous nous aimons, nous avons décidé de nous fiancer.

— Sommes-nous vraiment obligés de mentir ? Pourquoi ne pas dire la vérité ? Que nous nous marions pour offrir à Thomas un foyer uni qui lui permettra de grandir en sécurité et de s'épanouir.

— Parce que vous imaginez peut-être qu'un juge confiera la garde d'un enfant à une femme qui a accepté d'épouser un homme qu'elle ne connaissait pas, et ce, moins de vingt-quatre heures après leur première rencontre ? C'est impossible, je ne prendrai pas un tel risque, juste par souci d'honnêteté.

— Mais, mentir ainsi…

— Ce n'est pas ce qui paraissait poser un problème à votre sœur, si mes souvenirs sont bons ! l'interrompit-il brutalement.

— Je ne suis pas Brigitte, il me semble vous l'avoir déjà expliqué, rétorqua-t-elle avec calme.

— Jeanne, se radoucit-il, laissez-moi faire. Je sais comment il convient d'agir. J'ai consulté des avocats et tous m'ont précisé à quel point la stabilité est gage de réussite. Or, si nous disons la vérité, il est évident que nous n'entrerons pas dans le schéma idéal, vous comprenez ?

— Oui, murmura-t-elle en se renfonçant dans la banquette arrière, résignée.

Il avait raison, seul le fait de récupérer son neveu comptait. La jeune femme détestait mentir, mais dans le cas présent, ils n'avaient pas le choix. Peu importait la manière, c'était le résultat qui prévalait. Et le résultat, c'était Thomas. Ce bébé qui l'attendait quelque part valait bien qu'elle fasse une entorse à son code moral. Après tout, il n'y avait pas mort d'homme que de prétendre qu'elle était tombée amoureuse de ce beau businessman. N'importe quelle femme comprendrait aisément.

Ils roulèrent pendant environ une demi-heure avant d'atteindre le centre d'Athènes. Jeanne était fascinée par ce qu'elle voyait. Au loin, elle pouvait apercevoir l'Acropole par moments. Pour quelqu'un qui, comme elle, n'avait jamais voyagé, tout était si nouveau, si mystérieux. Elle regretta soudain de n'avoir jamais eu le courage de visiter le monde.

Lorsque Leandros freina, elle sortit de sa léthargie. Elle tenait encore l'écrin fermé dans sa main. Précipitamment, elle l'ouvrit et passa rapidement la bague à son doigt. Il s'agissait d'une très belle pièce, probablement une copie. L'anneau d'or en forme de demi-jonc était bombé sur le dessus et incrusté de plusieurs petits diamants entourant un rubis central plus gros. Étonnement, il lui allait parfaitement. Comme son « fiancé » s'impatientait près de la porte et que Constantin était déjà installé à la place du chauffeur, elle jeta l'écrin sur la banquette et sortit. Ce faisant, elle ne remarqua pas que ce dernier portait le logo d'une joaillerie célèbre dans le monde entier.

En se dirigeant vers le bâtiment de l'administration, Leandros lui prit la main et la serra dans la sienne. Il lui rappela qu'ils devaient former un couple amoureux et, par conséquent, se tutoyer. Elle obtempéra, espérant ne pas faire de gaffe.

Alors qu'ils se trouvaient dans l'ascenseur, l'Autrichien lui fit face :

— Ne pourrais-tu pas enlever ces horreurs ? lança-t-il, en désignant ses lunettes du doigt.

— Non, impossible.

— Pourquoi ? Tu pourrais faire un effort quand même, s'agaça-t-il en observant sa tenue, trop simple à son goût, même si elle était malgré tout bien plus seyante que les vêtements qu'elle portait le jour de l'enterrement.

Jeanne était vêtue de Clarks, d'un jean moulant et d'un tee-shirt crème à manches longues qui comportait quelques boutons à l'avant, ainsi que d'un trench-coat beige. Les atrocités qu'elle avait sur elle l'autre jour ne lui avaient pas permis de se faire une opinion. Là, il devinait de belles jambes fines, une taille de guêpe et une jolie poitrine haut-perchée. Mais les lunettes, non, c'était impossible ! Elle devait impérativement les retirer. Il tendit une main, mais la jeune femme l'arrêta aussitôt.

— Désolée, Leandros, je souffre de très gros problèmes de vue. Si je ne les porte pas, je ne discerne rien, ni de près ni de loin. Et cela m'étonnerait qu'un juge confie la garde de Thomas à une aveugle, fit-elle remarquer avec bon sens.

De plus, elle refusait qu'il contemple ce strabisme qui la complexait tant. Elle était comme elle était, c'était à prendre ou à laisser. Il dut percevoir le message, car il n'insista pas. L'ascenseur arriva à l'étage et Jeanne le suivit sans broncher. Elle préférait s'en remettre à lui pour la direction des opérations. En effet, outre le fait qu'elle ne connaissait rien aux administrations grecques, il y avait également la barrière de la langue qui posait problème.

Après quelques minutes d'attente, ils furent reçus par la juge, une femme d'une quarantaine d'années. À son air revêche, il était évident que les choses ne se passeraient pas aussi facilement qu'elle l'avait supposé. Après l'avoir jaugée de la tête aux pieds, elle posa sur eux un regard sceptique. De toute évidence, elle doutait sérieusement de la possibilité d'une romance, ce qui n'avait rien d'étonnant, songea Jeanne.

Ils prirent place et Mme Hélios s'adressa en grec à Leandros qui lui parla, un sourire aux lèvres. Très clairement, il lui faisait un numéro de charme et la magistrate semblait y être sensible. Au bout de quelques instants, celle-ci se tourna vers elle, nettement plus hautaine, et lui demanda dans un français incertain si elle acceptait de répondre à ses questions.

Jeanne acquiesça et aussitôt l'interrogatoire commença. Où s'étaient-ils connus ? Comment ?

Depuis combien de temps ? Elle fit de son mieux pour la renseigner, s'en tenant à la version élaborée par Leandros. Ce dernier s'était raidi et elle sentait sa main crispée sur la sienne. Toutefois, constatant qu'elle ne disait pas n'importe quoi et n'extrapolait pas, il sembla se détendre.

À la fin de l'entretien, la juge s'adressa à nouveau à lui, avant de se lever. Jeanne demanda alors à son compagnon de quoi il retournait, car le fait de ne rien comprendre lui mettait les nerfs en pelote. S'excusant auprès de leur interlocutrice, il lui répondit rapidement.

— Elle a des doutes à propos de notre mariage et veut assister à la cérémonie, avant de prendre une décision. Elle tranchera ensuite. Le passif de Brigitte ne plaide pas en ta faveur, même si apparemment, tu lui as fait bonne impression.

— Et pourrais-je voir Thomas bientôt ?

— Je vais poser la question, mais je ne te garantis rien.

À leur grande surprise, Irina Hélios accepta qu'ils se rendent dans la famille d'accueil afin de passer un peu de temps avec leur neveu. Il la remercia chaleureusement et promit de lui envoyer, dès le lendemain, un carton d'invitation pour la noce qui devait se dérouler en fin de semaine.

Jeanne eut toutes les peines du monde à cacher son étonnement. Comment s'y était-il pris pour faire aussi rapidement ? En France, il fallait près d'un mois pour la publication des bans, sans parler de la visite médicale et des autres formalités. Or, là, il donnait l'impression que les choses étaient déjà planifiées.

Alors qu'ils quittaient le bâtiment, elle ne put s'empêcher de l'interroger :

— Comment est-il possible que nous puissions nous marier si vite ?

— L'administration grecque veut offrir une image lisse d'elle-même, mais si tu glisses une enveloppe aux bonnes personnes, tu n'imagines pas à quel point les évènements peuvent s'accélérer.

— Dis donc, ce n'est pas très correct, ça !

— Ici, tout le monde fonctionne ainsi, ne t'inquiète pas.

— Incroyable ! Je n'ai même pas passé de visite médicale.

— C'est prévu pour demain matin. De cette manière, nous serons en règle. Dans la mesure où tu m'as remis tous les documents dont j'avais besoin, le soir de l'enterrement, j'ai pu entamer les démarches dès le jour suivant.

— Mais j'avais posé une condition, s'indigna Jeanne qui réalisait maintenant qu'elle avait été utilisée depuis le début et qu'il n'avait tenu aucun compte de la seule et unique exigence qu'elle avait eue.

— Je savais que sans être mariés, ça n'avait aucune chance de fonctionner, c'est pourquoi j'ai pris les devants. Tu devrais me remercier au lieu de râler ! s'exclama-t-il, agacé.

La jeune femme baissa la tête, hésitant entre rire, pleurer ou encore se mettre en colère. Leandros venait de lui donner une leçon magistrale de mauvaise foi. Et il semblait être maître dans l'art de la manipulation. Dire qu'elle avait toujours pensé que c'était Brigitte qui avait inventé le concept. Quelle grossière erreur, songea-t-elle avec ironie. Il y avait plus fort que sa sœur.

Elle devrait, à l'avenir, se méfier du côté sombre et tordu de cet homme qui n'en faisait qu'à sa tête. À contrecœur, elle n'insista pas. Elle venait d'arriver et il n'était pas question de laisser leurs relations s'envenimer. Vive la diplomatie et les compromis, décida-t-elle en se retenant de hurler de frustration face aux méthodes qu'elle jugeait presque mafieuses de son compagnon. Ceci étant, qu'est-ce qu'elle aurait adoré lui dire ses quatre vérités ! Sa peur viscérale des conflits reprit aussitôt le dessus et elle se tut, même si sa langue la démangeait.

Constantin patientait déjà au volant de la voiture et, sans attendre, ils quittèrent le centre-ville en direction du Pirée, où habitait la famille d'accueil de Thomas. Très vite, le décor changea et aux rues commerçantes succédèrent des immeubles en mauvais état dans des quartiers qui étaient non seulement défavorisés, mais paraissaient en plus dangereux. Le véhicule s'arrêta devant un bâtiment qui avait dû être construit dans les années cinquante. La peinture était écaillée sur la façade et du linge séchait aux fenêtres. En sortant de l'habitacle climatisé, Jeanne fut assaillie par la chaleur. Il était vrai qu'elle n'était pas habituée à un soleil aussi radieux dans son petit village du fin fond de la Lorraine.

En suivant Leandros à l'intérieur de l'immeuble, elle fut prise d'un sentiment de danger latent. Elle n'était pas une poule mouillée, mais il n'en restait pas moins qu'elle ne se sentait pas en sécurité dans cet endroit.

Ils durent emprunter un escalier couvert de tags pour se rendre au cinquième étage, car l'ascenseur était en panne. Et même s'il ne l'avait pas été, jamais elle ne serait entrée dans cette machine de la mort dont les câbles électriques pendaient au plafond.

— C'est une grande première pour moi aussi, murmura son compagnon, au moment où ils atteignirent leur destination.

— Comment cela ?

— Je n'ai jamais pu rencontrer Thomas depuis sa naissance. Sa mère y était opposée. Tout juste l'ai-je vu en photo, car j'avais engagé un détective.

— Décidément, c'est une manie pour toi d'enquêter sur les autres, ne put s'empêcher de répliquer la jeune femme en souriant. Eh bien, nous le découvrirons ensemble, ce petit bout, ajouta-t-elle en posant une main sur son bras en un geste de sollicitude.

À son grand étonnement, il s'écarta brutalement comme si elle avait la peste. Cette réaction peina Jeanne, qui avait simplement désiré lui témoigner sa solidarité. Or, de toute évidence, il n'en voulait pas.

Soudain, un cri résonna dans l'immeuble, la faisant sursauter violemment. Elle avait les nerfs à fleur de peau et ne comprenait pas pourquoi. En même temps, il était inutile de se poser cinquante fois la question. Après tout, devoir se marier dans quelques jours avec un quasi-inconnu, pour vivre ensuite à l'étranger avait de quoi en perturber plus d'un. Et pour couronner le tout, elle se retrouvait dans un quartier qui avait tout d'un coupe-gorge !

L'Autrichien s'arrêta devant une porte et toqua d'abord doucement, puis plus fort, comprenant qu'on ne l'entendait pas. Un bruit assourdissant provenait de l'intérieur. Ce devait être la télévision dont le volume sonore était au maximum. Aussitôt, Jeanne se demanda comment un bébé aussi fragile que Thomas pouvait avoir la moindre chance de s'épanouir dans un environnement pareil. À priori, aucune, et il était grand temps qu'avec Leandros, ils puissent l'extraire de cet endroit malsain et lui donner enfin des conditions de vie dignes de ce nom et auxquelles tout enfant devrait pouvoir prétendre.

Au bout de ce qui leur parut une éternité, une jeune femme d'une vingtaine d'années vint leur ouvrir. Elle était mal soignée et ses cheveux gras pendaient lamentablement sur ses épaules. Elle parla rapidement à Leandros, puis s'effaça pour les laisser entrer. L'appartement n'était pas à proprement parler crasseux, mais il était vétuste. La tapisserie avait au moins vingt ans et le mobilier n'était guère plus récent. Sur le canapé du salon était affalée une femme d'âge mûr, ainsi que deux gamins. À la table, trois hommes jouaient aux cartes en grillant des cigarettes, emplissant la pièce sombre d'un nuage de fumée.

Jeanne était tétanisée. Ces gens ne semblaient pas méchants, mais elle avait la nette impression qu'ils ne se préoccupaient pas beaucoup des enfants dont ils avaient la charge. Elle avait beau chercher du regard, elle ne voyait pas de bébé. Peut-être dormait-il...

Soudain, elle perçut un mouvement dans son champ de vision. Posé à même le sol, dans un coin de la pièce, se trouvait un transat. Brun, aux grandes prunelles bleues, un nourrisson avait l'air de l'observer avec insistance. Il était calme et ne semblait pas protester d'être ainsi livré à son sort.

Elle eut les larmes aux yeux tant l'attitude de ce bébé était résignée. Effectivement, il était tout petit et chétif. Doucement, elle s'approcha et Leandros la suivit. Il paraissait en colère et son regard lançait des éclairs. Que se passait-il ? Renonçant à comprendre, Jeanne se baissa sur le transat, dont elle défit la lanière de sécurité, puis tendit les bras et se saisit du poupon qui ne cessait de la contempler.

En le prenant contre elle, elle constata qu'il était trempé. Non seulement il avait des couches sales, mais en plus, il y avait des auréoles de régurgitation sur son pyjama. Et à bien observer les traces qui maculaient le tissu, celles-ci n'étaient pas récentes. Cet enfant avait quand même le droit de porter des vêtements propres !

Se tournant vers son compagnon, elle demanda d'une voix ironique :

— Si nous l'embarquons maintenant, penses-tu qu'ils s'apercevront de quelque chose ?

— Probablement pas, rétorqua-t-il sur le même ton, mais tu sais aussi bien que moi que nous n'en avons pas l'autorisation, même si ce n'est pas l'envie qui m'en manque, tu peux me croire !

— Il faut le changer de toute urgence. Pourrais-tu leur demander des vêtements propres ? Et éventuellement, un endroit où je pourrai m'en occuper ?

Aussitôt, il pivota vers la femme assise sur le canapé et lui adressa la parole de façon lapidaire. Elle lui répondit sans même détourner les yeux de l'écran de télévision. En riposte, il poussa un grognement qui fit sursauter tous ceux qui étaient présents dans la pièce.

Puis, il se tourna une fois encore vers Jeanne et doucement caressa la tête de Thomas qui commençait à s'agiter, ressentant probablement la tension autour de lui.

— Le lave-linge est en panne et ils n'ont pas d'argent pour payer la réparation, lui murmura-t-il, indigné.

— Mais, ils ont quand même des couches ?

À nouveau, il fit face à la femme et aboya en grec, à tel point que cette fois, elle se leva, et leur fit signe de la suivre.

Ils entrèrent dans une salle de bain minuscule, sans fenêtre, équipée d'un lavabo et d'une baignoire sabot de laquelle une pile de vêtements sales débordait. La maîtresse de maison prit une planche en bois qu'elle posa en travers, avant de jeter un matelas en plastique dont la mousse dépassait par les côtés. Du doigt, elle montra un paquet de couches éventré et sortit.

Restée seule avec Leandros dans la pièce exigüe, Jeanne se sentit troublée par la présence de cet homme dont le charisme était indéniable. Toutefois, ce n'était pas le moment de se laisser aller, car elle avait dans les bras un petit bonhomme qui avait besoin d'elle.

Pragmatique, comme à son habitude, elle prit une minute pour réfléchir avant de demander à son futur mari.

— Pourrais-tu appeler Constantin et le prier de fouiller dans ma valise ? J'avais acheté plusieurs choses pour Thomas. Il faudrait qu'il en sorte un pyjama et un body, ainsi que des articles de toilette pour bébé et mon drap de bain. Ça devrait faire l'affaire.

— Attends-moi, j'y vais.

La seconde suivante, il quitta précipitamment la pièce, laissant Jeanne seule avec Thomas. Sans plus réfléchir, elle boucha le lavabo et y fit couler de l'eau tiède avant de poser l'enfant sur le matelas et de commencer à le déshabiller.

Pendant ce temps, Leandros descendit les marches quatre à quatre, après avoir appelé son assistant. Ce dernier était toujours garé devant la porte et était déjà en train d'ouvrir le coffre. Tous deux se penchèrent sur la valise de Jeanne pour y rechercher ce qu'elle avait demandé. Ils trouvèrent rapidement et l'Autrichien dut admettre qu'elle avait l'esprit pratique comme en attestait le fait qu'elle ait pensé à amener des affaires pour le bébé, alors que l'idée ne l'avait pas effleuré un seul instant. Peut-être, était-elle vraiment différente de Brigitte après tout ?

Il s'en voulut aussitôt d'avoir de tels doutes. Jeanne et Brigitte étaient à mettre dans le même panier, il n'y avait aucune hésitation à avoir là-dessus. Simplement, l'une était plus maline que l'autre.

Il remonta très vite et revint dans la salle de bain, les bras chargés. Puis, à la demanda de la jeune femme, il sortit des lingettes du sac et les lui tendit. En l'entendant pousser un cri d'indignation, il se pencha sur elle. Les fesses de Thomas étaient rouges et abimées, en raison d'un manque évident de soins. Une fois l'enfant nu, elle le reprit contre elle et le déposa dans le lavabo. Il comprit qu'elle s'apprêtait à lui donner un bain improvisé avec les moyens du bord. Thomas barbotait tranquillement, en écoutant la voix douce de la jeune femme qui lui parlait et lui fredonnait des chansons. Visiblement, elle était plutôt douée pour s'occuper de lui, songea-t-il à contrecœur.

Quelques minutes plus tard, elle le sortit, puis l'essuya délicatement avant de lui badigeonner le postérieur de crème et de lui remettre une couche. Ensuite, elle le rhabilla avec de jolis vêtements propres et termina en lui appliquant une eau de toilette pour bébé sur les cheveux qu'elle peigna soigneusement. Le petit garçon était tout pimpant lorsqu'elle le lui tendit pour ranger les affaires utilisées.

Leandros se sentit très ému de porter enfin contre lui le fils de son frère. Ce dernier probablement bien plus à l'aise commençait déjà à s'endormir. L'honnêteté l'obligea à reconnaître que Jeanne avait fait du bon boulot.

Ils restèrent quelques minutes de plus à l'observer, avant que la femme ne revienne et ne le leur reprenne, jetant sur ses nouveaux vêtements un regard méprisant. La juge leur avait accordé une demi-heure, et clairement, la Grecque avait l'intention de faire respecter ce laps de temps, vraisemblablement contrariée par l'éclat de l'Autrichien.

À regret, ils durent s'en aller. Mais, ils n'avaient pas encore quitté l'immeuble que déjà Leandros appelait Irina Hélios pour lui faire part de son mécontentement. Il ne comprenait pas pourquoi on leur refusait le droit de s'occuper de Thomas, alors qu'il était, par ailleurs, si peu considéré dans la famille où il avait été placé. Le système était particulièrement injuste dans ce cas précis. Toutefois, il n'y eut rien à faire, ils devraient attendre la semaine suivante.

Durant le trajet du retour, Jeanne se mordit plusieurs fois la lèvre inférieure pour s'empêcher de pleurer. Elle avait éprouvé un véritable élan d'amour et de compassion pour ce petit être qui n'avait rien demandé à personne et qui avait déjà tant souffert. Le voir aussi mal soigné était un supplice.

Sa décision était prise. Si elle devait, pour pouvoir s'occuper de lui, épouser Leandros, elle le ferait sans hésitation. D'ailleurs, elle aurait été capable de se marier avec le diable en personne s'il l'avait fallu. Une voix insidieuse lui murmura qu'il n'y avait probablement pas grande différence entre les deux et que la vie conjugale avec lui s'apparenterait très rapidement à un enfer si elle commettait l'erreur irréparable de s'attacher.

Une seconde petite voix, celle de la raison, lui rappela que cette suggestion était du domaine du fantasme le plus absolu, puisqu'il lui avait, on ne peut plus clairement, fait comprendre qu'elle ne lui plaisait en aucune manière.

Et avec le physique qui était le sien, il devait avoir des compagnes plus belles les unes que les autres. Oh, et puis de toute façon, quelle importance ? Elle n'était là que pour Thomas et lui seul comptait. Très bientôt, elle deviendrait sa mère et plus rien ne pourrait les séparer.

— Jeanne, l'interpella Leandros en se tournant vers elle, la faisant sursauter. Tout va bien ?

— Absolument, murmura-t-elle d'une voix tremblante, tout en lui retournant un pâle sourire.

De toute évidence, la visite qu'ils avaient faite à Thomas avait fortement ébranlé la jeune femme. Néanmoins, il voyait dans son regard une détermination qui l'impressionna. Il n'en restait pas moins méfiant, car il ne pouvait pas s'enlever de l'esprit que lorsqu'on était du même sang, il y avait forcément des similitudes dans les personnalités.

De plus, rien ne garantissait qu'elle n'était pas intéressée par l'héritage du bébé, malgré le fait qu'elle ait, jusqu'à présent, donné le change. Et s'il n'avait aucune envie de l'épouser, il savait qu'il n'avait pas le choix.

Cette situation imposée lui pesait, car il aurait voulu ne plus jamais rien avoir à faire avec cette maudite famille Louvet. Alors, peut-être, aurait-il pu oublier le chagrin qui le minait depuis la mort de son frère.

Mais, il y avait Thomas. Et pour lui, il était prêt à tout, même à s'allier avec cette femme insignifiante. Si seulement, en la regardant, il n'avait pas pensé à Brigitte, les choses auraient été plus faciles. Hélas, à chaque geste, à chaque parole, il essayait de chercher un sens caché. Et bien évidemment, comme il tenait cette dernière comme personnellement responsable de l'accident, il était clair que quoi que Jeanne fasse, elle ne trouverait jamais grâce à ses yeux.

Il était injuste et en avait parfaitement conscience, mais c'était plus fort que lui. À ses yeux, Jeanne était de la même veine que Brigitte, et ce, même s'il décelait une intelligence dont la blonde avait été totalement dépourvue.

— Êtes-vous d'accord pour que nous fassions ce qu'il faut pour récupérer sa garde ? demanda-t-il, afin de s'assurer son entière collaboration.

Il avait remarqué, à plusieurs reprises, que la jeune femme était réfractaire à l'idée de l'épouser et semblait toujours espérer qu'il ne serait pas nécessaire d'en arriver là.

Or, même si cela lui déplaisait autant qu'à elle, et elle n'imaginait pas à quel point il irait à ce simulacre de mariage à reculons, il n'en restait pas moins que ni l'un ni l'autre n'avaient le choix dans cette histoire. Pour lui, il y avait, par ailleurs, un autre enjeu. Mais cela, jamais il ne le lui avouerait. En effet, en l'épousant, il gardait le contrôle total sur l'héritage de Thomas et donc sur la fortune familiale initiée par ses parents à force de travail.

Là où Jeanne n'avait vu que le besoin de protéger l'enfant par une adoption, lui avait conçu un plan machiavélique. Car, une fois qu'il serait officiellement le père de son neveu, il pourrait la chasser, sans rien d'autre que ses larmes pour pleurer.

Confiante, elle avait signé le contrat prénuptial sans même vérifier, comme il l'avait espéré. Or celui qui était rédigé en allemand comportait une clause qui n'avait pas été mentionnée dans la traduction française qu'elle avait lue et qui avait été détruite depuis.

L'article ajouté était très court, mais lourd de conséquences. Il stipulait que si Jeanne quittait le domicile conjugal avant la fin de la première année de mariage, alors la garde exclusive de Thomas lui reviendrait, ainsi que la gestion de son héritage.

Elle, pour sa part, ne toucherait pas un centime. Le tout était maintenant de l'obliger à craquer vite. Et il allait s'y employer dès la cérémonie terminée. Oh, il n'était pas fier de ses méthodes, car cela faisait de lui un salaud de première. Mais, il refusait d'éprouver le moindre état d'âme.

Après tout, Brigitte avait détruit sa vie et celle de ses parents. Alors, s'il anéantissait celle de sa sœur, ce ne serait qu'un juste retour des choses. La jeune femme ignorait évidemment cela, tout comme il s'était bien gardé de lui révéler que c'était Brigitte qui avait assassiné Nikos.

— Je ferai tout ce que vous voudrez, répondit Jeanne avec empressement.

Pour sceller leur accord, il lui tendit la main. Elle la prit et pensa un instant qu'elle venait de signer un pacte avec le diable en personne. Une peur soudaine la saisit à l'idée de vivre durant une année avec cet homme aussi séduisant que dangereux. Elle réalisa, en cet instant, qu'il n'avait jamais été totalement sincère avec elle et ne put s'empêcher de se demander pourquoi.

6

Ce soir-là, en découvrant la suite réservée par Leandros, Jeanne fut très impressionnée par le luxe des lieux. Les tapis anciens, les meubles d'antiquaires et les tissus précieux étaient légion dans cet hôtel où seul le raffinement paraissait de mise. Elle, qui était d'une simplicité extrême, s'y sentit mal à l'aise. Elle avait tellement peur de casser quelque chose qu'elle osait tout juste bouger et marchait sur la pointe des pieds. Leandros la laissa dîner dans sa chambre et elle lui en fut reconnaissante, peu désireuse de lui montrer à quel point elle était perturbée par une situation dont elle ne maîtrisait plus rien. Finalement, elle s'endormit tôt, assommée par la fatigue et le stress.

Dès le lendemain, il l'emmena effectuer les formalités en vue du mariage. Puis, en fin de matinée, il l'entraîna dans une bijouterie du centre d'Athènes, afin qu'ils choisissent les alliances. Sans la consulter, il opta pour un anneau serti de diamants, soi-disant assorti à la bague de fiançailles.

Jeanne reconnaissait qu'il avait tout à fait raison, mais elle se serait fait arracher la langue plutôt que de l'admettre. Ce qui lui déplaisait souverainement, c'était qu'il agissait comme si elle n'était pas là.

Au bout de quelques minutes, excédée, elle se leva et se dirigea vers la porte d'entrée. Aussitôt, il la rejoignit, l'apostrophant brutalement :

— Qu'est-ce qui te prend ? Je croyais que nous étions d'accord !

— D'accord pour se marier à cause de Thomas. Mais pas pour faire de la figuration, au même titre qu'un portemanteau !

— De la figuration ? Non, mais ça ne va pas ! C'est quoi le problème ? la toisa-t-il avec une arrogance qui la hérissa.

— Est-ce que ça te dérangerait que je donne mon avis sur le choix de mon alliance ? Mince alors, c'est moi qui serai obligée de la porter !

— Mais, qu'est-ce que ça peut bien te faire ? Ces bagues n'ont aucune importance. Elles ne signifient rien.

— Peut-être, mais je vais l'avoir à mon doigt pendant l'année à venir. Alors le minimum, me semble-t-il, c'est que celle-ci me plaise. Et pour cela, j'aime autant la choisir moi-même.

— Quelle idée de faire autant d'histoires pour un minable anneau ! Ça promet pour l'avenir, s'agaça Leandros, irrité par cette rébellion qui de son point de vue n'avait pas lieu d'être.

Si elle se mettait à tout contester, il ne donnait pas cher de leur union. Il commençait tout juste à réaliser qu'elle ne serait probablement pas aussi malléable qu'il l'avait cru. Maintenant, si elle avait envie de pinailler pour des détails, comme cette stupide histoire d'alliances, libre à elle. Il avait, pour sa part, autre chose à faire que de se noyer dans un verre d'eau ! Et si elle ne souhaitait pas celle sertie de diamants pour laquelle il avait opté et qui se trouvait être la plus chère, il n'irait pas contre sa volonté.

— Excuse-moi, je ne voulais pas t'offenser. Je pensais que le modèle te plairait. Mais tu as raison, c'est toi qui la porteras, alors, c'est à toi de choisir, biaisa-t-il, plus hypocrite que jamais.

— Effectivement, acquiesça la jeune femme, que sa voix posée avait calmée instantanément.

Ils revinrent vers le joaillier et demandèrent à revoir les bagues. Jeanne écarta d'office toutes celles avec des pierres précieuses, au grand dam du commerçant qui comprenait qu'une bonne affaire allait lui filer sous le nez. La regardant de travers, il lui tendit le présentoir contenant les autres bijoux. Elle s'enquit alors du choix de Leandros qui avait opté pour un large anneau d'or tout simple pour lui-même. Elle décida de prendre le même modèle. Il lui semblait que c'était le comble de l'indécence que de jeter son dévolu sur une bague qui valait cinquante fois le prix de celle de son futur mari. De plus, dans son esprit, un couple devait avoir des alliances assorties et non différentes.

Leandros fut positivement surpris, mais n'en montra rien. Après tout, ce n'était pas ainsi qu'elle allait lui faire changer l'opinion qu'il avait d'elle. Le commerçant parut mécontent de la décision de sa fiancée, ce qui l'amusa au plus haut point.

Ce n'était pas la première fois qu'il emmenait une femme dans une bijouterie, mais c'était une grande nouveauté que l'une d'entre elles puisse se préoccuper de lui faire faire des économies.

En sortant du magasin, il la quitta, ayant un rendez-vous pour la vente de l'hôtel. Toutefois, il lui recommanda de prendre le reste de la journée pour choisir sa robe de mariée. Jeanne aurait voulu lui dire que ce n'était pas nécessaire, puisque leur union n'était qu'un simulacre. Elle n'entendait pas en plus se ridiculiser en arrivant apprêtée comme une jeune vierge, alors que tous leurs invités devaient parfaitement savoir de quoi il retournait. Mais, il se détourna tellement vite qu'elle n'en eut pas le temps. Quand elle trouva enfin les mots et le courage de parler, il était déjà loin.

Donc, plutôt que d'aller vers des boutiques de robes de mariées, elle opta pour des magasins de puériculture, prenant tout ce dont elle aurait besoin et qu'elle avait consigné sur une liste, la veille au soir. Trois heures plus tard, elle avait achevé sa tâche et les articles pour bébé allaient être livrés à l'hôtel dès le lendemain matin.

Jeanne avait tenu à payer l'intégralité des achats avec sa carte de crédit et non avec celle que lui avait remise Leandros au petit déjeuner. Elle l'avait d'ailleurs laissée volontairement dans sa chambre. Si avec ses petits moyens, elle pouvait participer à cette adoption, cela la remplissait de joie.

Toute guillerette, elle partit visiter le Parthénon où elle passa le reste de l'après-midi à flâner entre les vieilles pierres et les touristes. Le temps était idéal, puisqu'il faisait beau, mais pas trop chaud. C'était un tel plaisir de découvrir une autre civilisation, dans ce pays qui l'émerveillait. Elle aurait volontiers poussé sa promenade jusqu'au musée, mais il était déjà tard.

Lorsqu'elle remarqua qu'elle avait eu un texto de Leandros, l'informant qu'il l'attendait à vingt heures, dans la suite, pour lui présenter ses parents qui venaient d'arriver, elle réalisa qu'elle ne disposait plus que deux heures pour acheter une tenue pour le lendemain et se préparer.

En se dirigeant vers l'hôtel, elle vit deux boutiques de mariage, mais elles étaient fermées. La panique menaça de l'envahir. Elle ne pouvait quand même pas s'unir à lui en jean ! Que faire ?

Elle commença à transpirer, tant le stress de ne pas savoir comment se sortir de cette situation, dans laquelle elle s'était mise toute seule, la gagnait. Elle avait voulu n'en faire qu'à sa tête et voilà le résultat !

Avec un soupir de soulagement, elle repéra, un peu plus loin, un magasin qui, s'il n'était pas spécialisé dans ce qu'elle recherchait, semblait vendre des vêtements blancs et surtout, avantage non négligeable, il était ouvert. Aussitôt, elle traversa la rue pour se diriger vers cette enseigne totalement inconnue, en espérant que quelqu'un comprendrait l'anglais à défaut du français.

De toute façon, elle n'avait vraiment plus le choix, aussi y entra-t-elle prestement. L'endroit, sans être luxueux, paraissait propre et bien tenu.

Pour Leandros, cela aurait sans doute tenu lieu de bouiboui, mais en ce qui la concernait, ça convenait parfaitement.

Une heure plus tard, sur les conseils d'une vendeuse qui, chance inouïe, parlait le français, elle avait acheté un tailleur-pantalon crème. Elle avait également acquis une paire d'escarpins à talons en daim beige, ainsi qu'une robe droite toute simple en lin bleu-marine avec les chaussures assorties. Le tout lui ayant coûté relativement cher, elle se promit d'être désormais plus prudente dans ses dépenses, si elle ne voulait pas se retrouver sur la paille dans quelques semaines.

Elle ne devait surtout pas oublier que la situation était provisoire et que Leandros et elle se sépareraient dans quelques mois. Pourtant, alors qu'elle n'était plus qu'à quelques mètres de l'hôtel, elle s'arrêta devant une vitrine pour admirer un magnifique stylo Mont-Blanc noir.

Sur un coup de tête, elle entra dans la boutique et l'acheta. Si les convenances étaient respectées, il lui offrirait un cadeau de mariage et elle ne voulait pas se trouver face à lui, les mains vides. Si jamais cela ne devait pas être le cas, eh bien, elle le lui donnerait à Noël.

Lorsqu'elle arriva dans la suite, il ne lui restait plus qu'une demi-heure avant le rendez-vous, aussi s'y glissa-t-elle à pas de loup en espérant ne rencontrer personne.

Alors qu'elle s'apprêtait à fermer la porte de sa chambre, un bruit de voix attira son attention. C'était Leandros qui sortait de la sienne, vêtu d'un costume sombre. Et il n'était pas seul. À son bras était pendue une jeune femme blonde d'une grande beauté. Ils parlaient à voix basse. Leurs visages étaient si proches qu'ils auraient pu s'embrasser, ce qu'ils avaient déjà dû faire, puisque des traces de rouge à lèvres étaient visibles sur le coin de la bouche de son fiancé.

Sans faire de bruit, Jeanne ferma sa porte et s'y adossa en tremblant. Était-il possible que Leandros soit assez salaud pour ramener sa maîtresse jusque dans leur suite ? Et ce, la veille de la noce ?

La jeune femme retira ses lunettes et essuya rageusement les larmes qui coulaient sur ses joues. Bien sûr, elle savait depuis le début que leur mariage n'en était pas réellement un, mais elle avait imaginé que son futur époux ferait preuve d'un peu plus de fair-play. Or, là, il lui imposait sa petite amie. Dans son esprit, les choses furent immédiatement limpides : il n'était pas question qu'elle s'implique dans un ménage à trois. Elle n'avait pas signé pour cela !

En se dirigeant d'un pas lourd vers la salle de bain, elle songea avec dépit qu'il devait vraiment la détester. Au moins autant qu'il avait haï Brigitte, ce dont il ne s'était jamais caché. Que lui avait donc fait son imbécile de sœur pour se le mettre à dos ainsi ? Cette question la taraudait de plus en plus souvent. Et plus le temps passait, plus elle y pensait. Elle avait la désagréable impression de ne pas tout savoir, qu'il lui manquait plusieurs pièces du puzzle et que la situation était sans doute bien plus complexe que ce qu'il voulait lui laisser croire.

Après une douche d'une délicieuse tiédeur, elle se sentit mieux, même si elle avait le cœur gros. En prendre conscience la mit en colère. Après tout, Leandros ne lui était rien. Du moins, en théorie… Mais, si elle était réellement honnête envers elle-même, elle ne pouvait pas se cacher derrière ce genre de phrase toute faite. Ce n'était pas seulement une blessure d'amour propre, il y avait autre chose… Furieuse et déroutée, elle refusa de s'interroger plus avant sur les raisons de cette soudaine souffrance, car elle n'était pas sûre que les réponses lui conviendraient. Des fois, il valait mieux se voiler sciemment la face pour ne pas se trouver déstabilisée.

Contrairement à son habitude, Jeanne prit un soin particulier à sa mise. Elle lissa minutieusement ses cheveux fraîchement lavés, puis les attacha à l'aide d'un ruban, assez bas dans sa nuque. Elle savait que sa chevelure était l'un de ses principaux atouts. En effet, les mèches étaient longues, brillantes et ondulaient en grosses boucles dans son dos. Sans doute un héritage de son père…

Ensuite, elle enfila la robe bleu-marine qui moulait à la perfection ses courbes minces, mais féminines. Jeanne avait un corps svelte et musclé grâce à la pratique de la natation, deux fois par semaine. Chance ultime, elle pouvait manger à peu près tout ce qu'elle voulait sans prendre un gramme.

En règle générale, elle ne portait jamais de robe, et encore moins comme celle qu'elle venait d'acheter. Mais, elle refusait de faire honte à Leandros et souhaitait également faire bonne impression aux parents de celui-ci.

Comme ce n'était pas son visage qui pouvait leur être agréable, elle avait décidé de mettre en valeur ce qui lui paraissait présentable, à savoir son corps et ses cheveux.

Elle enfila ses escarpins et appliqua une touche de gloss sur ses lèvres. Pour les yeux, il n'y avait pas besoin de maquillage puisque personne ne pouvait les voir à travers ses lunettes teintées.

Une fois prête, elle s'installa au bord de son lit pour réfléchir à la conduite qu'il conviendrait de tenir. Vis-à-vis des parents de Leandros, elle serait charmante, mais face à lui, elle devait demeurer réservée, sans pour autant être désagréable. C'était le seul moyen de se préserver de l'humiliation qu'il s'apprêtait à lui infliger, car elle n'avait plus aucun doute, l'Autrichien et cette blonde étaient amants.

Consultant machinalement sa montre, elle vit avec effarement qu'il était presque vingt heures quinze. D'un bond, elle se leva et se dirigea vers la porte. Les dés étaient jetés. À elle de faire preuve de toute la dignité dont elle était capable pour atténuer le souvenir probablement effroyable que leur avait laissé Brigitte.

Quelques instants plus tard, elle entra dans le salon de la suite où l'on n'attendait, de toute évidence, plus qu'elle. Un cours laps de temps, elle resta sur le pas de la porte, observant les cinq personnes qui se tenaient dans la pièce.

Leandros sembla percevoir sa présence, car il se tourna presque immédiatement vers elle. Les autres l'imitèrent. Il y avait là Constantin, ainsi qu'une femme d'une soixantaine d'années d'une élégance incroyable avec son tailleur saumon. À ses côtés se trouvait un homme, grand, qui avait sans doute été très beau dans sa jeunesse et qui avait encore une prestance et une allure folles, malgré le fait qu'il s'appuyait sur une canne.

Jeanne comprit qu'il s'agissait des parents de son futur époux. Celui-ci ressemblait d'ailleurs beaucoup à son père. La femme qu'elle avait entraperçue un peu plus tôt se tenait là, un bras passé sous celui de son fiancé. Vêtue d'un fourreau vert qui mettait sa chevelure et sa silhouette parfaite en valeur, elle était tout simplement époustouflante.

Face à elle, Jeanne, qui était beaucoup plus petite, se sentit soudain insignifiante. Si cette splendeur était sa rivale, les jeux étaient faits ! Quel homme serait assez fou pour choisir une vieille fille dont un œil disait bonjour à l'autre, plutôt que cette créature qui n'aurait pas dépareillé dans un défilé de mode.

Incapable d'avancer, car son manque de confiance était revenu au galop, elle resta immobile pendant un moment qui parut durer une éternité.

Ce fut madame Bauer qui se dirigea vers elle, en lui tendant la main. Son regard bienveillant la rassura immédiatement.

— Vous devez être Jeanne, murmura-t-elle dans un français parfait, tout en serrant ses doigts entre les siens. Je suis Maria Bauer. Je suis très contente de vous rencontrer enfin.

— Bonsoir, Maria, fit timidement Jeanne en lui souriant.

La mère de son fiancé l'entraîna vers le petit groupe, puis quelques instants plus tard, ils marchèrent tranquillement vers l'ascenseur afin de gagner le restaurant où une table avait été réservée. Les présentations avaient été faites. À son grand dam, Helmut s'était montré bien plus froid que sa femme. Son regard méprisant, le même que celui de Leandros, lors de leur première rencontre et souvent après, ne cachait pas la piètre opinion qu'il devait avoir d'elle. Même si elle était peinée par le fait qu'on puisse l'assimiler à sa sœur, elle l'admettait. C'était à elle de leur faire comprendre qu'elle n'avait rien en commun avec la superficielle Brigitte. Bianca, puisque c'était le prénom de la blonde, lui avait été présentée comme une amie de la famille et l'ignorait ostensiblement, accaparant totalement l'attention de Leandros, ce qui semblait le combler.

Durant tout le repas, elle fit de son mieux pour ne pas montrer son désarroi. Elle conversa en toute sympathie avec Constantin, toujours charmant, et répondit aux nombreuses questions de Maria, sans jamais faire preuve d'impatience. À aucun moment, celui qui allait devenir son époux ne lui prêta le moindre intérêt, préférant se concentrer sur Bianca. Aussi, fut-elle très étonnée lorsqu'il se tourna vers elle, alors qu'elle était en train de détailler sa tenue de noce.

— Un ensemble-pantalon ? Comme un smoking ? Mais, ce n'est pas une soirée rétrospective du groupe Wham ! C'est quoi le truc ? Tu mets un tee-shirt noir et avec tes lunettes, tu joues le rôle de George Michael ? Je te rappelle que c'est un mariage et je pense qu'à ce titre, tu aurais pu faire preuve d'un peu plus de sérieux ! s'exclama-t-il d'une voix si suffisante que Jeanne, à bout, vit aussitôt rouge.

— Un mariage civil. Je ne vais pas me transformer en meringue géante, juste pour que tu sois content !

— Je croyais que tu étais prête à tout pour Thomas, lui fit-il remarquer en plissant les yeux de contrariété.

— C'est le cas, mais je ne suis pas obligée de me ridiculiser devant tous les gens que tu as invités. Maintenant, je vous prie de m'excuser, ajouta-t-elle en se levant brusquement, je retourne dans ma chambre. Je suis fatiguée.

Sans attendre, elle s'en alla sous le regard médusé de ceux qui étaient assis à la table. Elle n'était pas encore arrivée à l'ascenseur que déjà Leandros l'avait rattrapée.

— Je t'interdis de quitter le restaurant ainsi et de me tenir tête comme tu viens de le faire ! Comment la juge réagira-t-elle lorsqu'elle verra que tu as mis si peu de soin dans ton apparence, le jour de notre union ?

— Elle pensera ce qu'elle voudra. J'ai vingt-neuf ans et je refuse de parader avec une couronne de fleurs d'oranger et une robe blanche. Ça n'a pas de sens ! Tu en conviendrais également si tu prenais le temps d'y réfléchir.

— Peu importe. Ne t'amuse plus jamais à me défier de cette manière devant ma famille ou je jure que tu le regretteras !

— L'ego de Sa Majesté est malmené ? riposta-t-elle, ironique. Avant de me donner des leçons de morale sur ma façon de me comporter, songe d'abord à l'indécence d'inviter ta maîtresse à notre mariage, et après tu reviendras… Parce que franchement, c'est l'hôpital qui se moque de la charité ! Et que les choses soient claires, demain je serai dans la tenue que j'ai choisie ou absente, à toi de voir.

— Tu ne partiras pas. Thomas et tous les avantages qui sont liés à lui te retiennent ici. En France, tu n'as aucun avenir. Grâce à mon neveu, ta fortune est assurée. Tu n'es pas assez stupide pour mettre une croix sur tous ces avantages, juste sur un coup de tête, rétorqua-t-il avec un regard et un ton qui montraient à quel point non seulement il la méprisait, mais également sa contrariété évidente face au testament de Brigitte et au fait que c'était à elle seule que la garde avait été attribuée.

— J'ai compris dès notre première rencontre que tu n'étais pas sincère et que tu me cachais des choses. Je n'avais pas mesuré à quel point tu te jouais de moi. Maintenant, je sais… répondit-elle, avant de s'engouffrer dans l'ascenseur.

En arrivant dans sa chambre, Jeanne s'enferma à double tour. Tremblante de la tête aux pieds, elle s'allongea sur le lit et s'obligea à respirer lentement, inspirant et expirant longuement. Malgré cela, elle eut toutes les peines à se calmer.

Son premier réflexe aurait été de faire manu militari ses valises et de regagner la France par le premier avion. C'était d'ailleurs ainsi qu'elle aurait agi si elle n'avait pas rencontré Thomas, la veille. Dès le premier regard, elle avait eu un coup de foudre absolu pour ce petit garçon.

Cela n'avait rien à voir avec l'argent. Contrairement à Brigitte, Jeanne n'avait jamais eu la folie des grandeurs. Un toit et de quoi vivre décemment lui suffisait amplement. Elle eut beau réfléchir aux éventuelles options qui s'offraient à elle, son avenir lui paraissait soudain bien sombre. Même si elle renonçait par écrit à son rôle de tuteur du patrimoine de son neveu, Leandros ne la laisserait pas regagner son village avec l'enfant. C'était une évidence. Il voulait que celui-ci grandisse auprès de ses grands-parents. Elle le comprenait, mais cela la mettait, elle, dans une position inextricable.

À pas lourds, elle se rendit dans la salle de bain et se prépara pour la nuit. Elle n'avait pas allumé la lumière dans la chambre, aussi y retourna-t-elle à tâtons. Elle venait juste de s'allonger entre les draps quand elle entendit des coups feutrés résonner à sa porte. Tétanisée, elle ne bougea pas d'un cil.

— Jeanne, ouvre-moi. Il faut qu'on discute ! Je suis désolé, je n'aurais pas dû te parler ainsi.

Elle ne répondit pas, attendant simplement qu'il parte. Mais, il insista encore et encore, et ne s'en alla qu'une demi-heure plus tard. Alors qu'il s'éloignait, elle l'entendit appeler la réception afin de demander si elle avait quitté l'hôtel. Elle aurait pu se lever et le rassurer, mais s'y refusa.

Découvrir qu'il n'avait aucune considération pour elle et que son opinion était faite, avant même qu'il ne la rencontre, l'avait profondément blessée. Bon sang de bonsoir, qu'avait bien pu lui faire Brigitte pour qu'il en arrive là ? Si elle avait eu la réponse à cette question, cela aurait sans doute expliqué beaucoup de choses. Malheureusement, elle n'en savait rien et avait l'impression que par une sorte d'accord tacite, personne ne lui révèlerait la vérité.

Après de longues minutes, elle finit par s'endormir, épuisée par cette journée riche en évènements et perturbée par le fait qu'à seulement quelques mètres de sa chambre, Leandros partageait la sienne avec sa maîtresse, et ce, la veille de leur mariage.

Enfonçant son visage dans l'oreiller, Jeanne refusa d'écouter la petite voix insidieuse qui lui faisait remarquer qu'elle aurait bien aimé se retrouver à la place de Bianca, entre les bras de cet homme qui l'agaçait comme aucun autre, mais qui provoquait de drôles de sensations au creux de son corps, chaque fois qu'il s'approchait d'elle d'un peu trop près.

7

Le lendemain matin, Jeanne se leva à l'aube. Son sommeil avait été peuplé de rêves étranges et elle s'était réveillée à plusieurs reprises durant la nuit.

Aujourd'hui, sa vie prendrait un nouveau tournant. Elle le redoutait, car elle allait s'unir à un homme qui semblait la détester, même si pour Thomas, elle était prête à ce sacrifice. Mais, était-ce seulement pour son neveu qu'elle se liait à Leandros ? lui murmura à nouveau la voix de sa conscience.

Elle préféra ignorer cette suggestion trop troublante. Avec lui, elle n'aurait jamais aucune chance. Et pas seulement parce qu'elle était la sœur de Brigitte. La vue de Bianca lui avait confirmé qu'il plaisait à des femmes si belles, qu'il n'avait pas de raison de s'arrêter sur elle. Plus vite elle accepterait cet état de fait, mieux elle se porterait.

Sauf que ce n'était pas si simple, car l'attirance qu'elle éprouvait pour lui grandissait à mesure qu'elle le côtoyait. Il était devenu, bien malgré elle, la matérialisation de ses fantasmes les plus fous.

Le fait de prendre conscience de ce sentiment, aussi inattendu qu'inopportun, lui permit de comprendre pourquoi elle se sentait si mal. Mais, jamais elle ne lui avouerait. Ah, ça non ! Plutôt se faire arracher la langue !

Lorsque Leandros la vit pénétrer dans la salle à manger de la suite, où le petit déjeuner était servi, il émit un soupir de soulagement. La veille, il avait vraiment cru qu'elle était partie. Il se rendait compte qu'il avait assez mal joué son coup, ce qui ne lui ressemblait pas du tout.

Il devait la pousser à le quitter après le mariage et non avant. Voilà pourquoi, il avait imaginé l'ignoble plan de passer leur nuit de noces en compagnie de sa maîtresse. Nul doute que dès le lendemain, elle prendrait la poudre d'escampette, acceptant la compensation financière qu'il lui proposerait. Cela étant, en attendant, il fallait quand même qu'elle l'épouse.

Il l'observa avec attention et constata qu'elle était pâle. Apparemment, elle n'avait pas beaucoup dormi et il en conçut un vague sentiment de culpabilité. Aussi, pour apaiser sa conscience, décida-t-il de lui présenter à nouveau ses excuses.

— Jeanne, je suis désolé pour hier… commença-t-il, avant de s'interrompre brusquement.

Elle venait de se servir un café, avait pris un croissant au passage et quittait déjà la pièce sans même écouter ce qu'il avait à lui dire.

Leandros renonça à la suivre. Après tout, il n'avait que ce qu'il méritait.

En refermant la porte de sa chambre, Jeanne constata qu'elle tremblait de tous ses membres. Mais au moins, il n'avait pas cherché à lui emboîter le pas. Elle l'avait redouté dès le moment où il avait commencé à lui parler. Ce n'était pas qu'elle refusait ses excuses, même si elle savait pertinemment qu'elles n'étaient pas sincères. Mais, elle n'était pas en état de l'écouter et craignait de fondre en larmes à chaque instant. Ce n'était pourtant pas son genre. Elle n'était pas émotive et ne l'avait, du reste, jamais été. Et heureusement d'ailleurs, car sinon, elle aurait passé presque toute sa vie à pleurer. Alors pourquoi, une conversation qui avait viré à l'affrontement, l'avait-elle mise dans un tel état ?

Le problème était et restait la présence de Bianca. Pas seulement, parce que sa beauté éblouissante lui rappelait à quel point elle était insignifiante, mais aussi, et surtout, car Leandros la regardait avec une admiration et un désir qu'il n'éprouverait jamais à son égard. Était-ce donc ça la jalousie ? Elle n'y avait jamais été confrontée, pas même quand son fiancé l'avait quittée pour sa sœur. Et pourtant, Dieu sait qu'à l'époque, elle avait été terriblement peinée.

Après avoir bu son café et mangé la moitié du croissant, Jeanne se rallongea à nouveau dans son lit. Après tout, la cérémonie ne devait avoir lieu qu'à quinze heures, il lui restait donc un bon moment pour tenter de récupérer. Avant d'avoir eu le temps de réaliser ce qui lui arrivait, elle s'endormit comme une masse. Elle s'éveilla bien plus tard en sursaut et constata qu'il était déjà quatorze heures. Personne n'avait jugé utile de l'appeler pour le déjeuner, ce qui permettait de mesurer le peu d'importance qu'elle aurait au sein de cette famille.

Toutefois, le fait de s'être reposée durant sept heures d'affilée l'avait requinquée, si bien qu'elle se sentait un moral bien meilleur qu'au matin.

Bon, il lui fallait se préparer sans perdre de temps, songea-t-elle, en se dirigeant vers la salle d'eau, après avoir téléphoné à la réception de l'hôtel pour qu'on lui fasse monter un café. Un bain agréablement parfumé acheva de la détendre.

En enfilant son tailleur, Jeanne poussa un soupir, dépitée. Ça n'allait pas du tout ! Que se passait-il ? Pourquoi hier, lorsqu'elle l'avait essayé, n'avait-elle pas remarqué qu'elle ressemblait à John Travolta dans la « fièvre du samedi soir » ? En fait, dans la boutique, elle ne portait pas ce chemisier noir sous le gilet. Que faire ? Si elle osait, elle… De toute façon, elle n'avait pas vraiment le choix.

Dans le hall de l'hôtel, Leandros faisait les cent pas, dans un état de nervosité très inhabituel chez lui. Jeanne était en retard et il commençait à entrevoir la possibilité que son plan puisse avoir échoué si près du but.

Tandis qu'il se fustigeait en silence, son regard se posa sur sa mère qui, installée non loin de là, semblait inquiète. Elle aussi doutait. Puis, il croisa celui de Bianca. Elle le contemplait songeusement. Il avait d'abord été un peu étonné qu'à l'annonce de ses projets, elle n'ait pas mal réagi. Mais, il commençait à la connaître et n'ignorait pas que c'était une femme qui ne perdait jamais le nord. Elle avait compris que toute opposition de sa part aurait conduit à une rupture. De plus, son mariage n'étant prévu que pour une durée limitée, elle savait pertinemment que sa patience serait récompensée et qu'ensuite la voie serait libre.

Sauf que Leandros regrettait de l'avoir impliquée dans cette histoire. Qui plus était, il n'avait plus autant envie que cela de passer sa nuit de noces en sa compagnie. Non qu'il ne fut plus attiré par cette beauté blonde, mais il avait le sentiment de se comporter comme un fieffé salaud avec Jeanne et cela le révulsait. D'accord, elle était la sœur de Brigitte, mais avait-elle pour autant mérité ce qu'il s'apprêtait à lui infliger ? Jusqu'à présent, et hormis quelques contestations pour la forme, elle s'était pliée à toutes ses exigences.

Alors qu'il pivotait à nouveau vers les ascenseurs, son regard fut accroché par la silhouette d'une femme qui lui tournait le dos. Elle était mince et son magnifique postérieur était moulé dans un pantalon blanc. De longs cheveux sombres retombaient en vagues souples jusqu'à ses reins. Aussitôt, il sentit son propre corps réagir, tout émoustillé à la vue de ces courbes attrayantes. Comme si c'était le moment !

Lorsqu'elle lui fit face, il vit avec stupeur qu'il s'agissait de celle qu'il s'apprêtait à épouser. Diantre ! Jamais il n'avait remarqué qu'elle était aussi bien faite. Il l'avait vaguement soupçonné, mais là, c'était criant. De plus, le tailleur-smoking qu'elle portait lui octroyait un chic et une classe dingues. Finalement, son choix était parfait. Ses courbes splendides étaient parfaitement mises en valeur par cette tenue, dont le côté masculin faisait ressortir par contraste sa féminité. En outre, les escarpins qu'elle arborait donnaient à l'ensemble une grâce et un charme indéniables.

Oui, Jeanne Louvet était au moins aussi bien faite que sa sœur, voire mieux, car son corps, à elle, était naturel et non rafistolé de partout. Mais, il n'en restait pas moins que son visage n'avait rien en commun avec celui faussement angélique de Brigitte. D'ailleurs, s'il était vraiment honnête, il devait admettre qu'il ne connaissait pas vraiment les traits de sa future femme, puisqu'ils étaient pour bonne partie dissimulés par les horribles lunettes qu'elle ne quittait jamais. Était-ce pour elle un moyen de se cacher ou avait-elle de réels problèmes de vue ? Même si c'était le cas, il songea qu'elle aurait pu avoir une monture un peu moins laide.

Jeanne stoppa à environ un mètre de lui, ne sachant quelle attitude adopter. Aussi fut-elle étonnée, quand il s'approcha, lui enlaça l'épaule et posa sa bouche sur sa joue, presque au coin de ses lèvres. Aussitôt, elle se raidit, troublée malgré elle par ce contact, le plus intime qu'ils aient eu jusqu'à présent.

— Qu'est-ce qui te prend ? murmura-t-elle d'une voix tremblante.

— Irina Hélios nous observe, glissa-t-il l'air de rien, tout en la retenant pour qu'elle ne puisse pas s'écarter de lui. Tu es en retard…

— Je suis là, non ? se rebiffa la jeune femme que ces critiques incessantes fatiguaient sérieusement.

Leandros ne réagit pas, même s'il mourait d'envie de lui lancer une remarque bien sentie. Toutefois, il devait se réfréner, car la juge les considérait avec un intérêt non dissimulé. Elle se tenait aux côtés d'Helmut qui s'efforçait tant bien que mal de lui faire la conversation en anglais.

La grand-mère maternelle de Leandros était crétoise, tandis que l'époux de celle-ci était français. La famille d'Helmut était, pour sa part, de pure souche autrichienne. Ses parents s'étaient rencontrés lorsque son père était venu en France pour y faire ses études. Leur union était heureuse et durait depuis presque quarante ans. Un véritable exemple pour lui, mais aussi un problème, car désireux de les imiter, il avait toujours eu le plus grand mal à choisir la compagne qu'il aimerait assez pour sauter le pas.

Il eut un sourire désabusé. Dans moins d'une demi-heure, il serait à son tour marié et ce n'était pas par amour. Il se demandait d'ailleurs comment il pourrait supporter cette épouse imposée qui lui tenait tête pour des broutilles, mais dont le corps le troublait malgré lui.

Il pressentait que l'année à venir allait s'avérer bien longue, aussi valait-il mieux qu'il pousse Jeanne à partir le plus rapidement possible. Elle regagnerait la France et lui pourrait retrouver sa vie à Salzbourg. C'était ce qu'il y avait de préférable pour eux deux, car même s'il venait à lui trouver un quelconque attrait, elle ne serait jamais à ses yeux que la sœur de Brigitte, la femme qui avait assassiné son frère.

8

— Vous pouvez embrasser la mariée, déclara l'officier d'état civil à l'issue d'une courte cérémonie qui venait de se dérouler dans l'un des salons de l'hôtel.

Leandros jeta un regard dépité à la jeune femme qui se tenait crispée à ses côtés. Ça, il ne l'avait pas prévu ! Se tournant vers l'assemblée, il constata que l'attention de tous les convives était focalisée sur eux, y compris madame le juge Hélios qui ne perdait pas une miette du spectacle. Il était évident qu'elle attendait ce qui allait suivre avec autant d'impatience que les autres.

Prenant son courage à deux mains, il se pencha vers Jeanne, même s'il n'en avait aucune envie. Il aurait cent fois préféré que Bianca soit face à lui, et ce, alors que l'idée d'épouser cette dernière ne l'enchantait pas plus. Entre eux, ce n'était qu'une histoire de sexe entre adultes consentants, ni plus ni moins.

Ses lèvres se posèrent sur celles de sa femme. Il fut aussitôt parcouru par un frisson dont l'intensité le laissa pantois. Il avait l'impression d'être traversé de décharges électriques extraordinairement agréables à l'endroit où il était en contact avec Jeanne.

Incapable de se réfréner, il glissa les doigts dans ses cheveux et appuya un peu plus sa bouche sur la sienne, l'entrouvrant légèrement. Pour autant, il n'approfondit pas son baiser, car ce n'était ni l'endroit ni le moment.

Pourtant, il nota que la masse dans laquelle il avait plongé sa main était aussi douce que de la soie et que la texture de ses lèvres s'apparentait à celle d'une pêche. Elle avait un goût de fruits rouges. Il s'en délecta avec ravissement, sentant tout son corps se raidir sous l'effet d'un élan d'excitation qui avait pris naissance au creux de ses reins.

Finalement, il se redressa avant que les choses ne dérapent et qu'il oublie où et avec qui il était. Les yeux plissés, il constata, non sans satisfaction, que Jeanne semblait complètement hébétée. Ses pommettes étaient rosies et ses lèvres tremblaient de manière erratique. Il aurait adoré lui retirer ses lunettes afin de se rendre compte de visu du trouble qui devait altérer son regard.

Mais, il s'écarta et se tourna vers les convives qui déjà s'avançaient pour les féliciter. Irina Hélios y alla de ses encouragements, même si elle glissa à l'oreille Jeanne, au moment où elle se penchait pour l'embrasser sur la joue.

— Jamais vous ne parviendrez à retenir un homme tel que lui.

Cette dernière sursauta, blessée par ce qu'elle considéra comme de la méchanceté gratuite. Au nom de quoi, cette femme se permettait-elle de lui dire cela ? Elle se demanda si celle-ci n'était pas tout simplement jalouse. Jusqu'au bout, elle avait sans doute imaginé qu'il s'agissait d'un coup de bluff. Le regard admiratif qu'elle lança à son époux lui confirma qu'elle était dans le vrai.

Jeanne frissonna soudain. Si toutes les femmes dont ils croiseraient le chemin devaient réagir ainsi, elle n'en finirait pas d'être humiliée. Ce n'était pas tant la beauté de Leandros qui frappait que la virilité brute et une sensualité troublante qui émanaient de lui. Cet homme aurait tout aussi bien pu se promener avec une pancarte « dangereux » sur le dos.

Dire qu'il fallait que ce soit trvec lui qu'elle avait dû se marier. Une boule à l'estomac, Jeanne constata que les convives se pressaient autour de

Leandros, l'écartant inexorablement. Et elle avait le pressentiment que ce ne serait probablement pas la dernière fois. D'ailleurs, qu'est-ce que ça pouvait bien lui faire ? Elle n'aurait sans doute jamais à participer à ces mondanités qu'elle exécrait déjà. Tout ce qui importait, c'était de pouvoir s'occuper de Thomas.

Elle toucha à peine au magnifique buffet qui avait été dressé dans un salon adjacent, n'ayant qu'une hâte, pouvoir s'éclipser. Pourtant, son mari était d'une politesse exquise, s'assurant qu'elle ne manque de rien. Au fond de son sac se trouvait le cadeau acheté pour lui, mais comme elle s'en rendit vite compte, rien n'avait été prévu en ce sens, aussi, le laissa-t-elle où il était. D'ailleurs, il ne le méritait même pas. Qu'il n'imagine pas qu'elle était dupe ! À plusieurs reprises, elle avait surpris des apartés entre Bianca et lui, et malgré ses bonnes résolutions, sa colère grimpait en flèche.

La séance de photos s'avéra un supplice, surtout quand l'homme qui tenait l'objectif lui demanda de retirer ses lunettes. N'ayant pas le choix, elle les enleva à contrecœur et s'obligea à sourire, même si pour elle, les clichés allaient tous être ratés. S'il s'avisait de les regarder, Leandros aurait un choc !

Au dîner, elle se mura à nouveau dans le silence. Habituellement, elle était d'un naturel sociable. Mais là, tous l'ignoraient, sauf peut-être Maria qui, à plusieurs reprises, essaya de l'inclure dans la conversation. Toutefois, Jeanne, que ce mariage de pacotille avait achevé de perturber, était incapable de suivre la moindre discussion.

À la fin du repas, Leandros se leva et lui proposa de prendre congé de leurs invités. Elle se tint à ses côtés, un sourire crispé aux lèvres. Elle n'avait aucune envie de faire des efforts pour des gens qui n'avaient même pas pris la peine de la saluer ou de lui adresser la parole. Tous l'avaient prodigieusement ignorée, mettant volontairement Bianca à l'honneur. Cela lui paraissait, du reste, le comble de la grossièreté.

Une fois de retour dans leur suite, elle se rendit avec Leandros dans le salon. Il lui proposa un verre et elle accepta, histoire de faire preuve de bonne volonté. Elle espérait qu'ils pourraient passer un peu de temps à discuter, à faire connaissance, puisque c'était leur nuit de noces. Bien entendu, Jeanne n'imaginait pas qu'ils coucheraient ensemble, leur union n'étant pas de cette sorte.

Alors, pourquoi cette pointe de regret en observant son mari retirer sa veste et sa cravate ? Si elle n'y prenait pas garde, elle pourrait très facilement tomber amoureuse de lui, d'autant que le baiser qu'ils avaient échangé l'avait enflammée comme elle ne l'avait jamais été. Lorsque la bouche de l'Autrichien s'était posée sur la sienne, elle avait oublié jusqu'à son nom, tant elle avait été troublée. Sentant soudain une bouffée de chaleur la gagner, la jeune femme ôta son blazer, avant de saisir le verre qu'il lui tendait.

Leandros ressentit un choc, pour la troisième fois de la journée, en observant son épouse retirer son veston. Ses bras bronzés étaient parfaitement galbés. Et que dire de sa poitrine que permettait de deviner le gilet brodé qu'elle portait à même la peau ? Il avait voulu la voir sans lunettes, lors de la séance de photos, mais à peine avait-il eu le temps de tourner la tête que déjà elle les avait remises sur son nez.

Il se détourna et se posta devant la porte-fenêtre, avant de lui faire face.

— Tu aurais pu faire un effort. On aurait dit une condamnée qui va à l'échafaud, lui reprocha-t-il, froissé par l'attitude fermée dont elle avait fait preuve tout au long de la journée.

— Peut-être que si tes connaissances avaient manifesté la plus élémentaire des politesses, me serais-je montrée plus chaleureuse envers eux, rétorqua Jeanne, malheureuse qu'il s'en prenne à elle, sans réaliser un instant que c'était leur seul comportement qui l'avait poussée à agir avec autant de réserve.

— Tu critiques mes invités ? interrogea Leandros, en plissant les yeux, signe d'un profond mécontentement.

Son ton était froid et distant, son attitude hautaine, limite méprisante. Jeanne se tassa un peu plus dans le canapé, consciente de son irritation. Pour autant, elle n'avait pas envie de baisser les bras. Peut-être n'avait-elle pas réagi comme elle l'aurait dû, mais elle n'était pas la seule à blâmer, tant s'en fallait. Alors pourquoi les amis de son mari bénéficiaient-ils de son indulgence, quand pour elle, de toute évidence, il n'y en avait pas. Elle se sentait humiliée, dénigrée, presque trahie.

— Je ne critique personne, répondit-elle d'une voix tremblante. Je constate un fait avéré et si tu daignais repenser à l'attitude de ces personnes, tu comprendrais.

— Aucun d'entre eux ne t'a manqué de respect ! s'exclama-t-il, sur un ton lourd de reproches.

— Évidemment ! Ils m'ont purement et simplement ignorée. Ils n'auraient pas fait plus de cas d'une plante verte. D'ailleurs, pendant tout cet après-midi, j'ai eu le sentiment que c'était ta petite amie qui était la mariée. Déjà, l'avoir invitée, c'était un coup bas. Mais là ! Non seulement, tu as passé la nuit dernière avec elle, mais en plus, tu ne t'es préoccupé que d'elle durant tout le repas. J'avais vraiment l'impression d'être une potiche.

— Tu es aussi dingue que ta sœur, lâcha-t-il d'un air méprisant.

Jeanne fut tellement écœurée par cette accusation, qu'elle bondit aussitôt sur ses pieds.

— Retire ces mots immédiatement ! Tu ne connais rien de moi. Si c'était le cas, jamais tu n'aurais fait cette remarque. Tu as trois secondes pour le faire ou j'irai voir la juge pour lui expliquer ton plan génial. Je crois qu'elle en serait très intéressée.

— Tu n'en feras rien et tu le sais. Tu ne prendras pas le risque de tout perdre. Et je ne retirerai rien. Ta sœur était folle à lier et tout dans ton attitude me laisse à penser que tu…

— Bon, alors, qu'est-ce qu'on fait ? le coupa Jeanne, incapable d'en entendre plus sous peine d'éclater en sanglots.

Avec lassitude, elle passa la main sur son front avant de s'approcher de lui, voulant néanmoins calmer le jeu. Pour un mauvais départ, c'était effectivement un mauvais départ et leur vie allait devenir un enfer s'ils n'essayaient pas d'arranger les choses dès maintenant.

Il n'y avait rien de déshonorant à faire le premier pas, estima-t-elle. Au contraire, c'était faire preuve d'intelligence, malgré son ressentiment. Elle pourrait toujours lui expliquer son point de vue, une fois qu'ils se seraient tous deux calmés. La colère n'étant pas bonne conseillère, il était temps de revenir à de meilleurs sentiments.

— Écoute… commença-t-elle, avant de s'interrompre, se tournant vers Bianca qui venait d'entrer dans la suite

Mais qu'est-ce qu'elle faisait là, celle-là ? C'était le soir de son mariage. SON mariage !

— Ça devra attendre demain, car j'ai à faire ! l'interrompit-il, en se dirigeant vers la blonde qu'il embrassa à pleine bouche, puis de l'entraîner vers sa chambre.

Toutefois, sur le pas de la porte, il se tourna à nouveau vers Jeanne.

 — Je ne sais pas ce que tu imaginais, mais que les choses soient claires. Il n'est pas question de nuit de noces entre nous, lança-t-il, sans le moindre état d'âme.

— Mais, je….

— Contrairement à toi, ta sœur avait le physique de ses ambitions, asséna-t-il avec une méchanceté qui la cloua sur place, incapable de réagir ou de répondre.

L'instant d'après, ils avaient tous deux disparu. Jeanne resta plantée là, fixant sans la voir la porte qui s'était refermée. Elle déglutit avec peine en se rappelant le gloussement de satisfaction de Bianca, lorsque cette dernière avait été enlacée étroitement par un Leandros qui paraissait plus empressé que jamais.

Les larmes coulèrent sur ses joues sans qu'elle songe une seconde à les retenir. L'humiliation qu'il venait de lui infliger était terrible, l'insulte et la provocation délibérées, préméditées. Ce fut seulement à cet instant qu'elle réalisa ce qu'il lui avait fait avec l'heureuse complicité de sa petite amie. *« Quel sale mec ! »* pesta-t-elle, en se dirigeant vers sa propre chambre.

Pourtant, très vite, à la colère se substituèrent un profond abattement et une tristesse intense. Savoir qu'elle ne serait jamais à la hauteur de cet homme était une chose. Se le faire jeter en pleine face, de manière aussi ignoble, en était une autre.

Mais qui oserait se comporter ainsi ? Sa sœur n'aurait pas eu le moindre état d'âme. Malgré sa peine et sa honte, elle était certaine que Leandros n'était pas un salaud infâme. Depuis leur première rencontre, elle pressentait autre chose et maintenant elle comprenait enfin.

Il se vengeait sur elle de tout le mal que Brigitte avait dû faire à sa famille. Sans doute, cette dernière avait-elle réussi à les arnaquer ou, pire encore, à les voler. Si ses soupçons étaient fondés, elle n'avait pas fini d'en baver, songea-t-elle avec appréhension. Il était, hélas, trop tard, elle était légalement sa femme.

Après une douche rapide, Jeanne enfila un jean et un tee-shirt, incapable de se coucher. Elle ne parviendrait jamais à dormir. Tout ce qui l'attendait, c'était de se morfondre dans son coin, pendant que son mari s'envoyait tranquillement en l'air avec sa dulcinée.

Ce fut à ce moment que son téléphone portable sonna, la faisant tressaillir. Qui pouvait bien l'appeler si tard ? se demanda-t-elle en consultant sa montre. Il était presque vingt-trois heures. Après un instant de réflexion, elle décrocha, supposant que c'était important, même si elle ne connaissait pas le numéro qui s'affichait sur l'écran.

— Allo.

— Jeanne Bauer ? interrogea une voix qu'elle reconnut immédiatement.

C'était Irina Hélios.

— C'est bien moi. Que se passe-t-il ? Un problème ? demanda aussitôt la jeune femme.

— Oui. La famille dans laquelle a été placé Thomas est malade. Ils ont tous contracté une gastro-entérite et je n'ai personne d'autre qui puisse s'occuper de lui.

— Pas de souci. Comment puis-je le récupérer ? questionna Jeanne qui sentit son cœur palpiter.

— Je ne peux pas vous le ramener, il faudrait que vous veniez le chercher. Je pense que votre mari ne verra pas d'inconvénient à interrompre votre nuit de noces, lança son interlocutrice sur un ton ironique.

— Il est sous la douche en ce moment, rétorqua-t-elle, blessée par cette pique. Mais ne vous inquiétez pas, nous avons déjà largement matière à garder un souvenir inoubliable de ces deux dernières heures, se crut-elle obligée d'ajouter, afin de préserver sa fierté.

— Si vous le dites, susurra l'autre, franchement sceptique.

— Oui, je le dis !

Sur ce, Jeanne raccrocha, puis appela la réception pour demander qu'on lui prépare le 4X4 de Leandros. Elle était maintenant son épouse et, à ce titre, pouvait disposer de la voiture sans que personne ne trouve à réclamer.

Un instant, elle songea à prévenir son mari. Mais, étant donné la manière dont il l'avait traitée, moins d'une heure auparavant, et qu'elle n'était pas prête à digérer, elle estima qu'elle se débrouillerait aussi bien toute seule.

En effet, elle savait que l'adresse était intégrée au GPS dont les données étaient affichées en anglais. Comme elle n'était pas manchote, il n'y avait aucune raison qu'elle ne réussisse pas à l'activer. De plus, risquer d'interrompre Leandros en plein milieu d'une partie de jambes en l'air pouvait s'avérer extrêmement gênant, surtout pour elle. Or, elle avait eu sa dose d'humiliations pour la journée et n'était pas en état d'en subir une de plus. Savoir ce qui se passait à quelques mètres d'elle était déjà très difficile à accepter en soi, mais le voir, alors ça, non ! Il n'en était pas question un seul instant.

Et puis, depuis sa plus tendre enfance, elle était habituée à ne compter que sur elle-même. Silencieusement, elle se faufila hors de sa chambre, espérant ne rencontrer personne, et quitta les lieux en refermant la porte avec précautions.

À l'accueil, le réceptionniste lui tendit les clés en souriant. Jeanne le pria de faire monter, dans leur suite, les affaires qu'elle avait achetées la veille pour Thomas et également de préparer un biberon pour son retour. Puis, elle sortit de l'hôtel. Un voiturier l'attendait et elle s'engouffra sans perdre un instant dans l'imposant véhicule.

C'était la première fois qu'elle conduisait un char d'assaut pareil et elle souhaita ardemment que tout se passe pour le mieux. Avant de démarrer, elle activa le GPS et réussit facilement à retrouver l'adresse de la famille d'accueil. Par précaution, elle verrouilla les portes de l'intérieur, puis prudemment, elle enclencha la première.

Quelques minutes plus tard, elle avait le 4X4 parfaitement en main. Équipé d'une direction assistée, il s'avéra même très agréable à manœuvrer. Pourtant, à mesure qu'elle quittait les beaux quartiers en direction du Pirée, elle sentit son angoisse grimper d'un cran. N'aurait-il pas été plus avisé de laisser Leandros gérer cela ? Elle n'avait prévenu personne de son départ, ni de sa destination, si bien que s'il lui arrivait quoi que ce soit, nul ne pourrait lui venir en aide. Un frisson d'appréhension la traversa, tandis que les rues se désertaient et que le décor devenait de plus en plus glauque. Pour se rassurer, elle prit son téléphone portable et le posa sur ses cuisses, afin de pouvoir s'en saisir au moindre incident.

Après ce qui lui sembla une éternité, elle parvint enfin au bas de l'immeuble. La juge l'attendait et parut surprise de la voir arriver seule. Jeanne se gara devant la porte d'entrée et sortit rapidement du véhicule qu'elle verrouilla. Aux côtés d'Irina Hélios se tenait un officier de police en uniforme.

— Vous n'êtes pas accompagnée ? interrogea celle-ci en plissant les yeux.

Jeanne se raidit face à ce regard inquisiteur. Il fallait qu'elle trouve une explication et vite !

— Leandros a trop bu aujourd'hui pour conduire, commença-t-elle en tentant de prendre une voix la plus naturelle possible.

— Mais, il aurait pu demander à son assistant de se joindre à vous.

— Constantin est parti en éclaireur à Poros pour préparer notre arrivée. Et puis, croyez-vous qu'il était opportun qu'il loge dans notre suite, le soir de notre noce ? fit remarquer la jeune femme qui essayait tant bien que mal de tourner la situation à son avantage.

Elle sembla y être parvenue, car son interlocutrice perdit un peu de sa superbe. Alors,

Jeanne poursuivit d'une voix qu'elle voulut froide et déterminée.

— Mon mari m'attend à l'hôtel, si nous pouvions ne pas traîner...

— Oui, oui, répondit Irina, visiblement déstabilisée.

Aussitôt, elle sortit des documents de sa mallette et les posa sur le capot du 4X4. Jeanne signa du nom de Bauer au bas de chaque page. Puis, lorsque ce fut fait, elles montèrent jusqu'à l'appartement, tandis que le policier patientait à l'extérieur.

Moins de cinq minutes plus tard, la jeune Française revenait avec, à son bras, le transat dans lequel dormait Thomas.

L'enfant portait encore les vêtements qu'elle lui avait mis et elle secoua la tête indignée par le peu d'hygiène dont la famille avait fait preuve. Toutefois, elle ne souffla mot, ne souhaitant pas entamer une discussion sans fin avec la femme qui marchait à ses côtés. Son neveu se trouvait maintenant avec elle et c'était tout ce qui importait.

Elles rejoignirent l'officier qui l'aida à installer le transat crasseux sur le siège passager. Jeanne l'aurait volontiers jeté tout de suite à la poubelle, mais en quittant précipitamment l'hôtel, elle avait omis d'emporter le maxi-cosy acheté la veille. Le tissu usé et sale sentait le tabac froid et la friture, mélange d'odeurs à proprement parler écœurantes. Dès son arrivée, elle demanderait à ce qu'il soit mis à la benne.

Rapidement, elle s'enferma dans le véhicule, et démarra sous le regard de madame Hélios et de l'officier qui attendirent qu'elle ait tourné au coin de la rue pour regagner la voiture banalisée. Avant son départ, et alors qu'elle les saluait tous deux, elle avait été informée du fait que la juge viendrait la voir à Poros, afin de s'assurer du bien-être de Thomas.

Jeanne eut un petit rire ironique en repensant à ces paroles proférées sur un ton hautain. Depuis son arrivée, elle avait rencontré plus de gens de mauvaise foi que durant tout le reste de sa vie, si on exceptait sa propre famille.

D'abord Leandros, puis cette femme qui la regardait comme si elle était incapable de s'occuper d'un bébé. Mais, quand on voyait dans quel état il était, il ne semblait pas difficile de faire mieux !

Le trajet du retour fut plus long, car elle dut faire deux fois le tour du pâté de maisons avant de localiser l'hôtel. Visiblement, le GPS avait décidé qu'il avait droit à son repos syndical, si bien qu'elle dut retrouver son chemin de mémoire, ce qui était loin d'être évident, en pleine nuit, dans une ville qu'elle ne connaissait pas.

Finalement, peu avant deux heures du matin, elle arriva à destination et ce fut avec un soupir de soulagement intense qu'elle stoppa le véhicule devant l'entrée illuminée du Sheraton. Contournant le 4X4, qu'elle laissa aux mains du voiturier, elle desserra la ceinture qui maintenait le maxi-cosy et s'en saisit avant de pénétrer dans le hall. Thomas commençait à s'agiter, annonçant son réveil imminent. D'après ce qu'elle avait cru comprendre, l'enfant ne dormait toujours pas la nuit. Elle allait donc devoir rester éveillée et s'occuper de lui, même si la fatigue se faisait également sentir pour elle, après cette journée si riche en évènements.

Alors qu'elle se présentait à l'accueil afin de s'assurer que sa demande avait bien été prise en compte, elle vit le regard embarrassé de l'employé de nuit.

— Monsieur Bauer a été réveillé lorsque nous avons monté les affaires du bébé dans la chambre. Il est ensuite descendu, furieux de ne pas avoir été averti. Il vous attend.

— Merci et excusez-moi du dérangement, murmura Jeanne en pâlissant.

Elle avait tout sauf envie de se confronter à nouveau à lui. Leur altercation de la soirée lui avait amplement suffi. Elle redressa aussitôt les épaules. Elle l'avait laissé l'humilier abominablement, mais c'était la première et la dernière fois. Jamais plus elle n'accepterait ce comportement et s'il avait l'intention d'amener sa poule blonde à Poros, alors ce serait sans elle.

Pour arranger les choses entre eux et partir du bon pied, elle avait voulu se montrer compréhensive et s'était soumise à tous ses desiderata. Tout ça pour une considération qui avoisinait le zéro pointé de la part de son mari, qui n'avait, de son côté, fait aucun effort, bien au contraire.

Alors maintenant, il n'était plus question qu'elle accepte tout, bêtement, sans rechigner, songea la jeune femme en pénétrant dans la cabine de l'ascenseur. Elle estimait être ouverte et agréable à vivre, mais pas au point d'être prise pour la dernière des cruches.

L'employé lui avait indiqué que les affaires de Thomas avaient été installées dans sa chambre et qu'un biberon l'attendait à température ambiante. Cela faciliterait les choses pour le bébé qui commençait à montrer de sérieux signes d'impatience.

Arrivée devant la porte, elle inspira profondément et glissa la carte dans le dispositif prévu à cet effet. Avant même qu'elle ait eu le temps de tourner la poignée, le battant s'ouvrit à toute volée. Leandros apparut, les pommettes rosies, ses yeux lançant des éclairs de colère.

De toute évidence, il était fou de rage et s'apprêtait à l'incendier, lorsqu'elle posa les doigts sur ses lèvres en baissant le regard vers le maxi-cosy qu'elle tenait.

Aussitôt, il sembla se reprendre et elle vit un sourire attendri éclairer son visage. Il le lui enleva des mains et la devança pour entrer dans la suite. Une seconde, elle crut même qu'il allait lui claquer la porte au nez. Toutefois, il n'en fit rien et installa le transat sur la table basse. Thomas, qui s'était quelque peu calmé, l'observait avec curiosité.

Leandros ouvrit le lien de sécurité et voulut saisir l'enfant dans ses bras. Il attendait ce moment depuis tellement longtemps ! Mais, lorsqu'il le souleva, celui-ci se mit aussitôt à hurler. Désemparé, il se tourna vers Jeanne, ne sachant que faire pour le tranquilliser.

La jeune femme s'approcha et lui prit le bébé qui cessa instantanément de pleurer. Elle le berça en se dirigeant vers sa chambre, suivie de près par son mari.

Leandros entra derrière elle, confus. En découvrant qu'elle avait quitté l'hôtel à bord de sa voiture, sans dire à quiconque où elle partait, il avait été comme fou. Et s'il lui arrivait quelque chose ? Il savait qu'elle ne fuirait pas la Grèce à cause de Thomas, mais pour autant, elle pouvait se trouver n'importe où ! Et en ces temps de crise, Athènes était devenue dangereuse, surtout la nuit et pour une femme seule. C'était le bruit des employés, vaquant dans la chambre face à la sienne qui l'avait alerté.

Bien sûr, son comportement avait été tellement odieux qu'il n'aurait pas été étonné qu'elle s'en aille. Il avait d'ailleurs tout fait pour cela. Néanmoins, en réfléchissant un peu, il s'était rendu compte qu'il avait fait une énorme erreur. C'était beaucoup trop tôt. Comment la juge réagirait-elle en s'apercevant que lui et son épouse étaient déjà séparés ? Non, il fallait attendre qu'ils aient regagné l'Autriche. Donc, autant dire qu'il avait été particulièrement nul ce soir. D'ailleurs, depuis qu'il côtoyait Jeanne, il accumulait les bévues !

Maintenant, il devait se rattraper et ne savait pas comment s'y prendre. Si une femme s'était avisée de lui faire ce qu'il avait fait à Jeanne, jamais il ne le lui aurait pardonné et sa vengeance aurait été terrible.

De plus, s'il ne s'était pas comporté aussi mal depuis deux jours, probablement lui aurait-elle demandé de l'accompagner au lieu de se débrouiller seule en pleine nuit. En apercevant le groom qui ramenait un biberon et des employées qui déballaient des vêtements de bébé ainsi qu'un couffin, il avait été surpris, mais s'était abstenu d'appeler Irina Hélios, ne voulant pas les mettre, Jeanne et lui, en porte à faux. À partir de ce moment-là, tout ce qu'il avait pu faire avait été d'attendre et de ronger son frein en passant ses nerfs sur le pauvre réceptionniste qui n'y était pour rien.

De plus, lorsqu'il était sorti du lit en trombe, Bianca l'avait suivi. Qu'il ait été incapable de la toucher, ce soir, ajouté au fait qu'il était dans un état de stress rarement atteint, avait déclenché une dispute mémorable.

Finalement, il avait rompu sans regret et lui avait réservé une chambre dans l'hôtel, où elle n'était allée qu'à contrecœur. Mais, il ne lui avait pas laissé le choix et, malgré ses supplications, était demeuré inflexible.

Parce qu'il avait sollicité son aide, Bianca s'était crue en position de force, et cela, il ne l'avait pas supporté. Jamais il ne lui permettrait, pas plus qu'à aucune autre, de lui forcer la main. Étrangement, il avait ressenti un intense soulagement en la voyant partir. Non qu'elle ne lui plaisait plus, mais il était évident que s'il souhaitait arranger la situation avec sa femme, la présence de sa petite-amie était indésirable.

Il se fit la promesse solennelle de ne plus jamais agir comme il l'avait fait ce soir. Jeanne était la sœur de Brigitte, mais ce n'était pas elle qui conduisait la voiture dans laquelle son frère avait été tué. Ce mariage, il ne l'avait pas voulu, mais elle non plus !

La jeune femme n'avait pas mérité pareil traitement. Au contraire, elle avait fait tout ce qui était en son pouvoir pour l'aider et il avait refusé de prendre cela en compte. L'humiliation qu'il lui avait infligée était indigne de lui et même un salaud de la pire espèce n'aurait pas agi ainsi. Dommage qu'il n'ait pas réalisé cela avant.

Il repensa à ce que sa mère lui avait dit dans l'après-midi. Maria était certaine que jamais Jeanne ne ferait quoi que ce soit qui pourrait leur nuire. Helmut et lui l'avaient regardée, sceptiques, mais elle n'en avait pas démordu. Maintenant, il ne demandait qu'à y croire. Ainsi, l'année à venir s'apparenterait un peu moins à un parcours du combattant.

Il gagna la salle de bain où sa femme avait fait couler de l'eau dans le lavabo et était en train de déshabiller l'enfant. Depuis l'entrée de la pièce, il murmura :

— Jeanne, je….

— Si tu fais allusion à ce qui s'est passé ce soir, je ne veux rien entendre ! rétorqua-t-elle vivement, tremblante de colère. Tout ce que je te demande, c'est de ne pas convier ton « amie » à Poros, sinon tu n'es pas prêt de m'y voir.

— Elle est partie. Je suis désolé.

— Garde tes excuses pour une idiote qui y croira. En ce qui me concerne, mon opinion sur toi est faite.

— Ce qui veut dire ? questionna-t-il, alors qu'elle plongeait Thomas dans l'eau tiède pour le plus grand plaisir du petit garçon qui pataugeait, aspergeant une Jeanne qui riait à présent.

D'une voix douce, pour ne pas inquiéter l'enfant, et sans se retourner, elle répondit :

— Pour moi, tu es un sale type, arrogant et obtus. Je n'ai pas choisi ma famille et certainement pas ma sœur. Mais depuis mon arrivée, tu ne cesses de me reprocher le comportement de Brigitte, comme si j'en étais responsable. Crois-tu que nous étions brouillées depuis huit ans sans raison ?

— Pourquoi es-tu allée chercher Thomas ? interrogea-t-il, préférant changer de sujet.

Les récriminations et les accusations de sa femme étaient fondées et le mettaient très mal à l'aise. Il savait qu'il n'avait que ce qu'il méritait, mais il n'avait pas l'habitude qu'on lui parle de cette manière. Personne n'aurait osé le traiter ainsi.

— Irina Hélios m'a appelée, elle n'arrivait pas à te joindre. Apparemment, toute la famille d'accueil a contracté une gastro-entérite. Et connaissant la fragilité de Thomas, il était impossible de le laisser là-bas.

— Tu aurais dû me prévenir ! lui reprocha-t-il d'une voix douce.

— Ah oui ? Mais, c'est pourtant toi qui m'as dit que tu étais occupé et que tu ne voulais pas être dérangé ! Je n'ai fait que me conformer à tes désirs, mon cher mari, lui lança-t-elle ironiquement, en l'observant dans le miroir.

Toutefois, troublée par son regard azur, elle baissa vivement la tête. Puis, elle sortit le bébé de son bain, l'essuya soigneusement avant de lui mettre une couche et des vêtements propres. Une fois qu'elle l'eut pomponné, elle se dirigea vers la chambre où Leandros l'attendait.

Saisissant le biberon, elle s'installa dans un fauteuil et commença à le lui donner, après en avoir vérifié la température à l'aide de sa main. Le petit garçon but durant quelques secondes, mais très vite, il montra des signes de fatigue et refusa la tétine au bout de quelques gorgées, avant de hurler.

Jeanne leva les yeux vers Leandros, ignorant totalement comment réagir, tandis que le bébé continuait à pleurer en se tortillant.

— Que lui arrive-t-il ? demanda-t-elle en le soulevant et en le calant contre son épaule pour lui tapoter le dos.

— Il semblerait que Thomas ait un problème pour s'alimenter, répondit son mari sans la quitter du regard.

Il était admiratif du savoir-faire dont elle faisait preuve avec l'enfant, alors qu'elle n'en avait pas. Soudain, un rot sonore résonna et elle éclata de rire. Elle reposa le petit dans ses bras, puis lui tendit à nouveau le biberon qu'il accepta cette fois de prendre en bouche. Mais, au bout de quelques instants, le manège recommença. Néanmoins, une heure plus tard, il en avait quasiment vidé le contenu et s'endormait, paisiblement lové contre elle.

Elle alla le coucher dans le couffin et se tourna en souriant à son mari.

— Eh bien, voilà ! Il suffisait de ne pas être pressé ! s'exclama-t-elle joyeusement.

Leandros ne put s'empêcher de le lui rendre. Jeanne était vraiment une femme déroutante.

9

En s'allongeant sur son lit, Jeanne poussa un profond soupir, exténuée par deux nuits consécutives sans sommeil. Cela faisait dix jours qu'elle était à Poros et deux semaines qu'elle était mariée. Déjà deux semaines !

Ils avaient quitté Athènes, en proie à de violentes manifestations, plus rapidement que prévu, soit trois jours après l'arrivée de Thomas. Et durant tout ce temps, elle n'avait vu Leandros qu'en de rares occasions.

S'il la traitait avec une courtoisie désormais irréprochable et qu'il n'avait plus fait la moindre allusion à sa sœur, sa froideur lui était insupportable. Paradoxalement, plus il était réservé, plus elle était attirée par lui. Chaque fois qu'elle se trouvait dans la même pièce, elle se sentait empruntée, maladroite. Et lorsqu'il se tenait tout près d'elle, Jeanne était prise de tremblements qu'elle avait toutes les peines à dissimuler. Elle vivait depuis, avec en permanence une boule au creux de l'estomac qui gagnait en intensité de manière magistrale dès qu'il l'approchait.

Heureusement pour elle, cela n'arrivait qu'en de très rares occasions, puisqu'il était tout le temps absent. Ainsi, hormis le lendemain du mariage où il avait passé la journée avec elle, Thomas et ses parents, elle ne l'avait pour ainsi dire plus vu. Monsieur et madame Bauer avaient quitté la Grèce le dimanche soir, ravis d'avoir enfin pu serrer leur petit-fils dans leurs bras. Pour la première fois, Jeanne avait remarqué que son beau-père souriait et elle en avait été touchée.

Ce jour-là, elle avait compris le chagrin de ces gens et à quel point il n'était pas naturel pour des parents de perdre leur enfant, surtout de façon si brutale et dans des circonstances aussi tragiques. Elle avait ressenti un élan de compassion et de sympathie envers eux, si bien que leurs échanges étaient devenus bien plus chaleureux. De plus, leur attitude avait radicalement changé et ils lui avaient témoigné, de toutes les manières possibles, leur reconnaissance pour ce qu'elle faisait pour Thomas et, par voie de conséquence, pour eux. Même si elle avait voulu leur assurer que c'était là quelque chose de tout à fait naturel, ils n'avaient pas démordu et s'étaient confondus en remerciements.

Avec délice, elle se plongea dans une torpeur bienfaisante, oscillant entre rêve et réalité. Lorsque Leandros l'avait emmenée le mardi précédent à Poros, elle avait supposé qu'il y resterait avec elle. Or, dès le lendemain, il était reparti en Autriche, puis à Londres ou Dieu sait où, la laissant seule avec le bébé.

Constantin, qui logeait dans une autre maison, l'accompagnait chaque matin durant sa promenade dans le village où elle en profitait pour faire quelques courses. Jeanne eut un sourire amer en songeant au fait que tous les habitants du coin les prenaient pour un couple. Tout ça, parce que son « *mari* » avait mieux à faire que de passer un peu de temps en sa compagnie. Elle s'en voulut aussitôt de réagir ainsi. Après tout, les affaires de la famille Bauer reposaient entièrement sur les épaules de Leandros. Il était, par conséquent, normal qu'il soit constamment occupé. Ceci dit, elle ne pouvait s'empêcher de supposer, avec un pincement au cœur, qu'il faisait tout pour l'éviter.

Et rien dans son attitude ne lui permettait de penser le contraire, puisque la communication entre eux se réduisait au néant total. Il appelait Constantin pour prendre des nouvelles de son neveu et jamais, depuis son arrivée, ne lui avait téléphoné, pas même pour lui demander comment elle allait. Ce manque flagrant d'intérêt la peinait profondément, mais bien entendu, elle faisait tout pour le cacher.

Pourtant, elle aurait dû être heureuse ici, tranquille avec son adorable bébé et cela avait été le cas au début de son séjour. Elle appréciait beaucoup le village situé sur cette petite île montagneuse en plein Golfe Saronique. Au premier regard, elle avait été éblouie par la beauté de cet endroit et par les constructions en amphithéâtre sur la colline. L'ensemble dégageait une telle harmonie, qu'elle avait été instantanément sous le charme. Avec Thomas, qu'elle calait dans un porte-bébé contre sa poitrine, elle avait visité les environs très souvent, découvrant avec émerveillement le temple de Poséidon ou du moins ce qu'il en restait, le musée archéologique ou le monastère de Zodochos Pifi. Et elle avait pleinement apprécié ces moments passés à crapahuter avec Constantin, qui se révélait un compagnon particulièrement agréable. Toutefois, ce dernier venait de quitter l'île pour se rendre à Santorin où il avait prévu de séjourner chez un cousin éloigné.

La résidence que son mari avait louée était parfaite en tous points. Ni trop grande ni trop petite. En plein cœur du village et dotée de deux étages, elle comprenait trois chambres, une salle de bain, un séjour lumineux ainsi qu'une vaste cuisine, et surtout une terrasse fantastique sur laquelle Jeanne adorait se prélasser avec Thomas. La vue y était époustouflante, puisqu'elle était située tout près du port et de la mer en contrebas. Cette maison, de couleur crème avec des volets verts, disposait de tout le confort moderne, tout en étant construite et agencée dans un style typique. Les sols en tommette grise et les murs intérieurs blancs donnaient à l'ensemble une sensation d'harmonie, tel un havre de paix.

Sauf que ces trois derniers jours, elle n'en avait guère profité. Thomas n'avait pas cessé de pleurer, ne dormant que par à-coups. Si elle avait supposé que les choses seraient faciles avec lui, elle avait depuis déchanté. Et pourtant, un lien étroit s'était créé entre eux. Mais, sans doute, était-ce justement le problème. Elle passait son temps à s'inquiéter, incapable de prendre du recul, et n'avait malheureusement pas assez d'expérience en matière de bébés pour deviner ce qui lui arrivait.

Ainsi, jusqu'à aujourd'hui, l'avait-elle bercé sans discontinuer, et ce, pendant presque soixante-douze heures, avec bien évidemment l'impossibilité de faire autre chose, de sorte que la maison ressemblait à un véritable chantier dévasté par une tornade.

En désespoir de cause, ce matin, elle avait été voir un médecin, en priant le ciel pour que celui-ci ait au moins des notions d'anglais. Sur les conseils de la boulangère, elle avait fait appel à un jeune docteur qui, chance inespérée, parlait un français approximatif, mais compréhensible.

Cet homme, charmant en diable, l'avait rassurée. Il s'agissait simplement d'une poussée dentaire, sans doute la première. Voilà pourquoi le contact du biberon sur sa gencive le faisait souffrir. Mais le pauvre enfant avait faim, si bien qu'il pleurait de douleur et parce qu'il ne pouvait pas manger à son aise.

Il lui avait prescrit un baume ainsi que des suppositoires de paracétamol, qu'elle s'était empressée de lui administrer dès son retour. Et miracle, Thomas avait bu goulument et s'était ensuite endormi.

Jeanne savait qu'elle aurait dû en profiter pour faire un brin de ménage, mais elle était si fatiguée qu'elle n'avait pas le courage de s'y mettre. Quelques instants plus tard, elle sombra dans un sommeil profond.

DES APPARENCES TROMPEUSES

***

Leandros, qui venait d'arriver sur l'île par le ferry, entra sans bruit. À la vue du bazar innommable qui régnait, il fut aussitôt excédé. Jeanne n'était-elle pas capable de tenir cette maison ou trouvait-elle que c'était indigne de sa petite personne de ranger et de passer un coup de balai ? Le salon ressemblait à un véritable capharnaüm. Et la cuisine. Bon sang ! Jamais il n'avait vu un tel foutoir ! De la vaisselle sale traînait dans l'évier, sur la table, et le sol était maculé de taches.

Sans perdre de temps, il monta l'escalier quatre à quatre pour se rendre dans la chambre de Thomas qui dormait à poings fermés. Là aussi, un peu de rangement et de ménage n'auraient pas été du luxe.

Furieux, il se dirigea vers celle de Jeanne pour lui dire sa façon de penser. Si Irina Hélios arrivait aujourd'hui, il était évident que jamais elle ne leur laisserait l'enfant. Ce n'était quand même pas à lui de nettoyer, alors qu'il revenait d'un voyage harassant !

Sur le pas de la porte, il crut rêver. Jeanne dormait tranquillement, allongée sur son lit. *« Eh bien, il y en a qui ne s'embêtent pas ! »* songea-t-il avec ironie. Sans doute s'était-elle imaginé qu'il

172

mettrait du personnel à sa disposition. Et puis, quoi encore ? Elle n'avait que ça à faire, après tout. Apparemment, il avait eu tort de supposer qu'il pouvait partir en toute confiance et qu'elle serait capable de gérer la situation. Il était déçu par la défaillance de sa femme et ce sentiment lui déplut souverainement. Sans doute devait-il s'habituer à ne pas attendre grand-chose d'elle.

Il regagna le salon, où il dut batailler pour trouver une place à côté du tas de vêtements qui traînait sur le canapé et prit son portable pour appeler Constantin.

***

Ce fut le grésillement du babyphone qui sortit Jeanne de sa torpeur, en sursaut. Elle se redressa brusquement, avant de réaliser que cela ne faisait qu'une petite heure qu'elle dormait et que ce n'était pas Thomas qui l'avait réveillée, mais Leandros.

Se rappelant qu'elle avait oublié l'appareil dans le salon, elle voulut l'éteindre et descendre accueillir son mari. Elle devait lui expliquer pourquoi elle n'avait pas eu le temps de ranger. Toute contente à l'idée de le revoir, elle se leva et alla brosser ses cheveux devant la coiffeuse. Il conversait en allemand, sans doute avec Constantin, et elle se laissa bercer par sa voix grave et si troublante. Comme elle comprenait la langue de Goethe, elle suivit distraitement la discussion, lorsque soudain elle réalisa qu'il se plaignait d'elle.

— Te rends-tu compte qu'elle n'a même pas été fichue de débarrasser son assiette et de la rincer depuis plusieurs jours ? Jamais je n'aurais pensé avoir affaire à une telle souillon, apparemment aussi fainéante que bordélique !

Suffoquée par la brutalité de ses propos, Jeanne serra le poing devant sa bouche, pour retenir les larmes qui piquaient déjà ses yeux.

— Si Irina voit une pouillerie pareille, jamais on ne nous laissera Thomas ! s'exclamait-il de plus belle. Bon, je vais me coucher, je suis épuisé. Sans doute le décalage horaire depuis New York. Mais à mon réveil, elle entendra parler du pays ! S'il le faut, je lui apprendrai moi-même l'hygiène et la salubrité. Ne sois pas si étonné, c'est en visitant l'intérieur des gens qu'on découvre leur vraie nature, et pas de chance pour moi, j'ai hérité d'une véritable crasseuse.

Scandalisée, elle sentit la colère la gagner. Encore une fois, il l'avait jugée sans même lui demander la moindre explication, prouvant à quel point l'opinion qu'il avait d'elle était mauvaise. Ah, elle était une souillon ! Ah, il voulait lui apprendre la propreté ! Eh bien, c'était elle qui lui donnerait une petite leçon, malgré sa fatigue.

Assise sur son lit, elle attendit qu'il intègre ses quartiers, tout en réfléchissant à ce qu'elle ferait et comment elle allait procéder. Thomas, qui avait du sommeil en retard, ne se réveillerait pas tout de suite. Elle avait par conséquent deux bonnes heures devant elle.

Lorsqu'elle n'entendit plus rien, elle enfila rapidement un short en jean et un tee-shirt, et resta pieds nus pour ne faire aucun bruit. Elle commença par sa chambre dans laquelle elle rangea, puis passa l'aspirateur et la serpillère. Quand ce fut fait, elle se rendit chez Thomas et prit délicatement le couffin pour le poser au milieu de son propre lit. L'enfant ne broncha pas. Alors, elle fit de même dans la pièce de son neveu avant de s'attaquer à la salle de bain, au couloir ainsi qu'aux escaliers.

Au rez-de-chaussée, elle se dirigea vers la cuisine où elle prépara du café, tout en commençant à s'activer. Lorsque la vaisselle fut faite, que la table et le plan de travail furent nettoyés, elle passa au salon.

Moins d'une heure plus tard, elle était assise sur la terrasse, en train de siroter une tasse de breuvage fort et brûlant, bien mérité, pendant que les sols séchaient. La colère qu'avait provoquée son mari lui avait donné des ailes.

Elle remonta ensuite à l'étage où Thomas émergeait doucement. Après l'avoir nourri et changé, elle le mit dans le porte-bébé et prit la direction du village. Depuis deux jours, elle n'avait pas pu s'occuper des courses, n'imaginant pas un instant faire les magasins avec un enfant malade. Mais maintenant, les choses avaient évolué et le petit garçon était ravi de cette promenade. Elle acheta des fruits, des légumes, du fromage et d'autres provisions diverses chez l'épicier, avant de se rendre à la boulangerie où elle opta pour du pain frais. Puis, chargée comme un mulet, Thomas contre son torse, elle revint vers la maison. Heureusement que celle-ci était située tout à côté.

En arrivant, elle changea et fit boire le bébé, avant de l'installer dans le transat qu'elle garda près d'elle. Aucun bruit ne provenant de l'étage, elle supposa que Leandros dormait encore. Lui au moins avait le droit de se reposer ! Si seulement l'opinion qu'il avait d'elle ne lui avait pas tant importé. Elle l'aurait envoyé avec plaisir sur les roses. Mais c'était impossible. Leandros devait se rendre compte qu'elle était une femme bien, il le fallait. Jamais elle n'avait accepté qu'on puisse lui trouver des points communs avec Brigitte. Alors pas question que l'homme qui l'attirait autant pense un seul instant qu'elle était du même acabit que sa sœur. C'était insupportable.

Deux heures plus tard, une appétissante tarte au citron refroidissait sur la table. Alors qu'elle était dans la salle de bain avec Thomas, elle entendit du bruit et pesta intérieurement en songeant qu'elle aurait volontiers donné six mois de sa vie pour être présente quand il découvrirait la maison briquée. Et il fallait qu'elle soit occupée lorsque cela arrivait ! Ce n'était vraiment pas de chance.

Elle se hâta, tout en prenant soin de ne pas bousculer Thomas qui semblait réceptif à ses états d'âme. Elle devait donc faire preuve de sérénité en toutes circonstances. Ce n'était pas facile tous les jours, surtout quand la fatigue la rendait irritable. Pour autant, jamais il ne lui serait venu à l'idée de passer ses nerfs sur lui. Au contraire, sa présence l'aidait à relativiser les choses, l'unique priorité étant son bien-être.

Leandros alla directement dans la chambre de son neveu et vit qu'elle était vide. En tendant l'oreille, il entendit des bruits de rires dans la salle de bain. Fronçant les sourcils, il nota que la pièce avait été rangée. Eh bien ! Ce n'était pas trop tôt !

En descendant vers le rez-de-chaussée, une délicieuse odeur lui chatouilla les narines. Mais que se passait-il ici ? Il ouvrit de grands yeux en constatant que la cuisine était impeccable, le salon nettoyé. Soudain, il se trouva stupide d'avoir voulu lui faire une scène et en ressentit un soulagement intense.

Sur la table refroidissait une tarte au citron qui lui parut succulente. Il sentit sa bouche s'emplir de salive et se rappela qu'il n'avait rien avalé depuis le petit déjeuner qu'il avait pris dans l'avion.

Derrière lui, il entendit un bruit et se tourna. Jeanne descendait l'escalier, Thomas dans ses bras. L'enfant lui tirait les cheveux, mais elle se contentait de sourire. Toutefois, lorsqu'elle croisa son regard, il la vit se figer et se fermer. Que lui arrivait-il ?

Elle passa devant Leandros sans lui adresser la parole. Elle était en colère. Ce qu'elle avait entendu cet après-midi, additionné à toutes les « *amabilités* » qu'il lui avait dites les semaines précédentes, avait fait déborder le vase. Elle se savait d'un caractère patient, mais là, il était allé trop loin.

Elle prit le biberon qui attendait au chaud, puis se rendit au salon pour nourrir Thomas. De ce point de vue, les choses s'étaient nettement améliorées et il ne rechignait plus à boire son lait. À peine eut-il terminé qu'il s'endormit dans ses bras. Aussitôt, elle se leva et quitta la pièce où Leandros s'était assis sur le canapé. Dire qu'il n'avait même pas été fichu de la saluer ! Exaspérée, elle se tourna vers lui, alors qu'elle se trouvait sur le pas de la porte.

— Je vais le coucher. Il a été malade ces derniers jours et a du sommeil à rattraper. Moi aussi, d'ailleurs, commença-t-elle. Il y a une salade composée dans le réfrigérateur et de la vinaigrette dans un bol. Pour le dessert, ce sera tarte au citron, ajouta-t-elle. Tu m'excuseras si je ne reste pas.

— Je ne t'ai jamais demandé de faire le dîner. Je n'ai pas besoin d'une petite épouse qui prenne soin de moi.

— Alors, ne mange pas ! rétorqua-t-elle du tac au tac. Ça m'évitera de faire la cuisine demain. Sur ce, je suis épuisée, je n'ai quasiment pas fermé l'œil depuis trois jours ! La souillon va dormir.

Sans attendre sa réponse, elle quitta la pièce et monta à l'étage, laissant un Leandros ébahi. Ce fut alors que son regard se posa sur le baby-phone qui trônait sur la table du salon et dont le voyant était allumé.

Aussitôt, il comprit qu'elle avait sans doute entendu sa conversation avec Constantin et qu'elle l'avait fort mal pris, ce qu'il admettait parfaitement, étant donné la teneur de ses propos. Une fois encore, il l'avait trop hâtivement jugée. Or, d'après ce qu'elle venait de lui dire, Thomas avait été malade et elle n'avait pas dormi depuis plusieurs jours.

Durant tout le reste de la soirée, il s'en voulut d'avoir été aussi prompt à la critiquer. Pourquoi pensait-il toujours le pire d'elle ? C'était affligeant, car il avait l'impression qu'en ce qui la concernait, il avait perdu tout discernement. Clairement, il avait été très injuste depuis le début.

Tenaillé par la faim, il se rendit dans la cuisine, où il engloutit la salade délicieusement fraîche et parfaitement assaisonnée, avant de faire un sort à la moitié de la tarte au citron. Jeanne, contrairement à sa sœur, était une femme d'intérieur et une cuisinière accomplie, et il ne laisserait dorénavant personne affirmer que ce n'était pas le cas. Et surtout pas lui, pour commencer.

10

Ce furent les pleurs de son neveu qui tirèrent Leandros du sommeil, quelques heures plus tard. Dehors, il faisait nuit et en jetant un coup d'œil à sa montre, il constata qu'il était trois heures du matin. Songeant à Jeanne, il décida de se lever pour voir ce qui n'allait pas, afin de lui permettre de se reposer. Il enfila un tee-shirt sur son caleçon et quitta sa chambre, située à côté de celle de Thomas. La jeune femme dormait en face.

Arrivé sur le seuil, il comprit qu'elle l'avait déjà précédé. Penchée sur le lit, elle tentait de calmer l'enfant qui s'agitait. Par la lumière du couloir, il pouvait l'apercevoir dans la pénombre et... Dieu qu'elle était belle ! Aussitôt, il eut un hoquet de surprise et sentit son sexe se raidir, envahi par un désir qu'il lui sembla ne jamais avoir ressenti.

Il ne pouvait pas détourner son regard d'elle, hypnotisé par son corps, uniquement vêtu d'une petite culotte et d'un débardeur de coton blancs, et par ses longs cheveux, splendides, qui tombaient dans son dos. Il se doutait qu'elle était bien faite, mais à ce point ! Ses jambes étaient parfaites, interminables, galbées, sa peau était dorée. Quant à ses fesses, elles étaient délicieusement rondes et musclées.

Il tira sur son tee-shirt, mal à l'aise, afin qu'elle ne voie pas à quel point l'érection qui l'avait gagné était puissante. À cet instant, elle se releva et pivota vers lui, un doigt sur la bouche. S'il avait été scotché par son corps, ce ne fut rien lorsqu'il aperçut son visage. Dans la précipitation, elle n'avait pas enfilé ses lunettes, si bien qu'il pouvait la contempler sans la barrière de ces horreurs. C'était la première fois qu'il la voyait ainsi.

Et le moins qu'il ait pu dire, c'était qu'elle était d'une beauté stupéfiante. Ses traits étaient si fins, si harmonieux, qu'il eut toutes les peines du monde à déglutir. Quant à son regard, quelle splendeur…

De l'endroit où il se trouvait, il ne pouvait pas distinguer la couleur exacte de ses yeux. Néanmoins, ils étaient d'une intensité confondante ! Sans doute, était-ce dû à sa myopie. Elle lui rappelait cet acteur français qui avait joué dans Highlander. Quel était déjà son nom ? Ah oui ! Christophe Lambert. Leurs regards avaient la même profondeur, la même force.

L'Autrichien dut alors admettre que sa femme était tout simplement un canon, comme il en avait rarement vu. Dire qu'il ne le remarquait que maintenant. Pour sûr, Brigitte ne lui arrivait pas à la cheville. Troublé plus que de raison par cette découverte, il sortit de la chambre et patienta dans le couloir.

Elle le rejoignit quelques instants plus tard, en tâtonnant le mur. De toute évidence, sans ses lunettes, elle était perdue. Lorsqu'elle se rendit compte qu'il l'attendait, il remarqua qu'elle tirait nerveusement sur son tee-shirt.

Jeanne, qui était encore épuisée, ne sut quelle attitude adopter face à son mari, alors qu'elle ne pouvait le distinguer que de manière très floue. Tout juste, visualisait-elle les contours de sa haute silhouette. Elle fit un pas de côté pour l'éviter et ainsi retourner dans sa chambre. Mais Leandros, fasciné par ce qu'il découvrait de sa femme, tendit la main pour lui barrer le passage. Et comme elle n'y voyait quasiment rien, elle ne le remarqua pas.

Quand son corps entra en contact avec sa paume, il la saisit par la taille et l'amena dans le cercle de ses bras, en proie à un désir qui, s'il était déjà latent, s'était révélé dans toute son intensité quand il avait réalisé que son épouse était si belle. Il se sentait tellement troublé qu'il était incapable de raisonner de manière cohérente.

À sa grande surprise, la jeune femme ne se dégagea pas, au contraire, elle se laissa aller contre lui. Alors, comme mû par un instinct qu'il ne contrôlait pas, il la serra contre lui, un peu plus fort, enfouissant son visage dans ses cheveux aussi doux que de la soie.

Jeanne, de son côté, ne savait plus à quel saint se vouer. Elle lui en voulait tellement de s'être conduit si mal avec elle, mais paradoxalement, elle était terriblement attirée par Leandros et cela lui coupait tous ses moyens, la rendant incapable réagir. Seul comptait le contact de la peau chaude et délicieusement parfumée de son mari avec la sienne. Elle sentit une boule d'excitation se former au creux de son ventre, puis se propager dans l'ensemble de son corps en quelques secondes.

Lorsqu'il baissa son visage, s'approchant pour poser ses lèvres sur les siennes, la jeune femme n'était plus qu'attente et langueur. Ce frôlement fut doux, tendre. Mais, très rapidement, la lenteur délicieuse de ce baiser se mua en une étreinte beaucoup plus passionnée. Aucun d'eux ne pouvait ni ne voulait réfréner l'ardeur qui les gagnait et Jeanne entrouvrit la bouche, permettant à la langue audacieuse de Leandros de taquiner la sienne, de jouer avec ses lèvres, avant de revenir plus conquérante que jamais. C'était à proprement parler divin et perdant toute retenue, elle se serra un peu plus contre lui.

Aussitôt, Leandros, qui avait pris ce mouvement pour un assentiment, glissa ses mains sous le débardeur et commença à lui effleurer le dos, tandis que sa femme enlaçait sa taille et se collait encore plus étroitement à son grand corps musclé. Les doigts de son mari dévièrent dangereusement vers sa poitrine déjà gonflée dans l'attente de ses caresses. Lorsqu'il en frôla les pointes durcies, Jeanne poussa un gémissement rauque.

Ce son décupla son ardeur et, très vite, il tenta de l'entraîner vers sa chambre.

Était-ce la lumière crue du plafonnier ou le fait qu'il l'ait lâchée pour ouvrir la porte ? La jeune femme n'en savait rien, mais ces quelques secondes lui suffirent pour retrouver toute sa lucidité. Elle se raidit et, lorsqu'il lui saisit la main, refusa d'avancer.

Intrigué par cette résistance aussi soudaine qu'inattendue, Leandros fronça les sourcils. Elle comprit qu'elle devait expliquer ce brusque revirement sans tarder, sous peine de passer pour une allumeuse.

— Jeanne… murmura-t-il, en lui caressant doucement la joue.

Mais au lieu de l'amadouer, ce geste poussa le malaise de son épouse à son comble. C'était un peu facile de daigner, maintenant qu'il n'avait plus sa blonde peroxydée sous la main, lui porter enfin un peu d'attention. Après toutes les humiliations qu'il lui avait infligées, comment pouvait-il décider de coucher avec elle, comme si elle était la plus belle femme du monde ?

Il se moquait d'elle et en plus, elle ne marchait pas, elle courait. Car, au-delà du fait que Leandros lui ait fait des avances, c'était sa propre réaction qui la mettait en rage. Avait-elle si peu de dignité pour céder aussi facilement à ses hormones, après tout ce qu'il lui avait fait subir ? Elle pensait pourtant avoir un peu plus de fierté que cela !

Évidemment, cela faisait des années qu'elle n'avait pas eu de relations avec un homme et celui-ci, d'homme, était si beau qu'il lui paraissait inaccessible.

— Désolée, Leandros, mais je ne viendrai pas dans ta chambre et tes cajoleries n'y changeront rien. J'ai une assez haute opinion de moi-même pour ne pas imaginer faire l'amour avec un type qui couchait avec sa maîtresse pendant notre nuit de noces. Je n'ai aucune envie de récupérer les miettes de Bianca, cela ne m'intéresse pas. Et je ne comprends pas, avec ce que tu penses de moi, comment tu peux t'abaisser à essayer de mettre dans ton lit une souillon qui n'a pas le physique de ses ambitions !

Sur ces paroles lapidaires, Jeanne tourna le dos et regagna rapidement sa chambre dont elle ferma posément la porte, laissant un Leandros tétanisé. Elle avait parlé d'une voix douce, mais il avait réalisé à quel point les vexations qu'il lui avait infligées l'avaient marquée. Et sincèrement, il ne pouvait pas la blâmer. Il s'était conduit avec elle comme un salaud, un homme arrogant et méchant, ce qu'il avait toujours pensé ne pas être. Parce qu'elle était la sœur de Brigitte, il lui avait fait voir le pire aspect de sa personnalité. Une cruauté dont il n'aurait jamais cru être capable.

Dès demain, il lui parlerait, s'excuserait de son comportement et des préjugés qu'il avait eus. Non, Jeanne n'était pas Brigitte et ce n'était pas faute de lui avoir répété qu'elle n'avait rien en commun avec elle. Et il commençait tout juste à en prendre pleinement conscience. Car, n'importe quelle autre femme, et à fortiori sa sœur, aurait sauté sur l'occasion de s'acoquiner avec un homme jeune et riche. Mais pas elle. Son épouse avait placé sa dignité et sa fierté au-dessus de tout, et rien que pour cela, elle méritait tout son respect. Il comprit également que tout l'argent du monde n'aurait jamais aucune influence sur elle, ni sur son comportement. Sa moralité allait bien au-delà de toutes ces considérations matérielles. En clair et pour résumer, c'était une femme bien, belle et intelligente, qui derrière ses lunettes, cachait bien plus de qualités et de valeurs que bon nombre de ses congénères.

Oui, à partir de demain, il ferait les efforts nécessaires pour rectifier le tir. D'abord, il resterait les trois prochaines semaines ici, avec elle et Thomas. Ensuite, il apprendrait à la connaître et à l'apprécier pour elle-même.

Mais, toute cette bonne volonté ne servirait pas à grand-chose si Jeanne de son côté se murait dans la froideur et l'indifférence. Et il lui semblait bien compliqué de faire revenir sa femme à de meilleures dispositions !

11

Le lendemain, à l'aube, après une nuit agitée, Leandros se réveilla, en proie à une migraine lancinante. Il avait eu le plus grand mal à se rendormir, trop préoccupé par de nombreuses interrogations et surtout victime d'une frustration intenable.

Ne supportant plus de se tourner et de se retourner, les tempes bourdonnantes, il se leva et se dirigea vers la cuisine.

En entrant dans la pièce, il vit du café chaud qui venait juste d'être préparé. Cela signifiait que Jeanne était déjà debout. Il la trouva assise sur la terrasse, une tasse à la main. Vêtue d'un jean et d'un tee-shirt, les pieds nus, elle contemplait la mer, le regard perdu dans le vague. Il s'en voulut presque de la déranger, mais l'occasion était trop belle.

Jeanne sursauta en apercevant Leandros qui s'installait à ses côtés sur le canapé en osier recouvert de confortables coussins blancs.

— Bonjour, Jeanne, murmura-t-il d'une voix qu'il souhaita apaisante.

— Leandros. Tu n'as pas l'air en forme, répondit la jeune femme de la même manière.

— Migraine, marmonna-t-il en fermant les yeux.

Ce ne fut que lorsqu'elle revint vers lui avec deux cachets et un verre d'eau, qu'il réalisa qu'elle s'était levée. Reconnaissant, il saisit les comprimés et les avala. Jeanne reprit sa place.

— C'est souverain, tu verras… J'en utilise chaque fois que j'ai mal à la tête.

— Merci, tu es un ange, murmura-t-il avec un sourire, les yeux fermés.

Étonnement, et malgré ce qui s'était passé la veille, l'atmosphère était apaisée et il se sentait en cet instant plus détendu qu'il ne l'avait été depuis la mort de son frère. Jeanne avait cette faculté de le calmer, lui épargnant, contrairement à Bianca, un babillage intempestif qui aurait gâché la sérénité du moment.

Elle était tranquillement installée, pensive, sans aucune colère en elle, ce qui démontrait son intelligence de caractère. Il était d'ailleurs temps de s'excuser et surtout de s'expliquer. S'il ne se livrait pas au moins un peu, jamais les choses entre eux ne pourraient s'arranger. Toutefois, avant qu'il ait pu ouvrir la bouche, elle prit la parole.

— Brigitte n'était que ma demi-sœur.

— Comment est-ce possible ? demanda-t-il, étonné.

— Je suis le résultat des amours adultérines de ma mère avec un maçon portugais.

— Donc…

— Nous avions la même mère, enchaîna Jeanne, mais pas le même père. Toute mon enfance, on m'a expliqué à quel point Brigitte était belle, car qu'elle était légitime, alors que moi, j'étais moche parce que j'étais une bâtarde.

— Mais, qui te disait des conneries pareilles ?

— Mon cher papa, à qui je rappelais sans cesse qu'il avait été cocu. Et puis, maman aussi. Elle était atteinte de troubles psychiatriques et j'ai très vite compris que Brigitte suivait ses traces.

— Des problèmes d'ordre psychiatrique ? répéta machinalement Leandros.

— Elle souffrait, tout comme ma mère, de troubles bipolaires. Un jour totalement exaltée et le lendemain complètement amorphe. Chaque matin, au réveil, je me demandais ce qui allait me tomber dessus. C'était très déstabilisant, mais elles étaient ma famille, alors envers et contre tout, je m'obligeais à faire avec.

— Faire avec ?

Jeanne observa son mari en souriant, un peu moqueuse.

— As-tu l'intention de répéter tout ce que je dis ? questionna-t-elle avec ironie.

— Excuse-moi. Pourquoi ne pas m'en avoir parlé plus tôt ?

— Je te connaissais si peu. Et ton attitude envers moi ne m'incitait nullement à te confier que ma mère et ma sœur étaient givrées, ou encore que mon père, enfin celui de Brigitte, était alcoolique. Personne ne s'occupait de moi. Ce sont les villageois qui m'ont recueillie, à tour de rôle. Je mangeais chez eux. Souvent, les femmes me baignaient ensuite et, de temps en temps, elles me donnaient des vêtements de leurs propres enfants. Même si je leur en serai éternellement reconnaissante, j'en ai conçu une profonde humiliation, car j'avais le sentiment que ce n'était pas naturel. Et ça ne l'était pas. Mais, qu'est-ce que je pouvais faire ? Ma mère me mettait devant la porte en me disant de rester dehors et de ne pas revenir avant le soir. Et là, c'était moi qui devais faire le dîner.

— C'est pour cela que tu cuisines aussi bien ?

— Pas le choix, si je voulais manger ! Et crois-moi, j'ai eu souvent faim.

— Est-ce que je peux te poser une question ?

— Vas-y.

— Pourquoi Brigitte et toi étiez-vous brouillées depuis des années ?

— Oh ! Je suppose que tu as le droit de savoir. Après tout, cela n'a rien d'un secret d'État. Pour faire court, tout a commencé lorsque je suis partie étudier l'histoire à Metz. J'adorais aller à la fac et être loin d'eux me faisait du bien. J'ai rencontré Pascal là-bas. Il était étudiant, lui aussi. Tu comprends, fit-elle tristement en se tournant vers Leandros pour le regarder, toute ma vie, on m'a comparée à ma sœur et c'était elle la plus belle. Qu'elle soit complètement stupide n'était pas important. On ne voyait que son physique. Bref, lui s'est intéressé à moi, vraiment. Nous sommes sortis ensemble, puis nous avons été amants et un jour, il m'a demandé de l'épouser. J'ai accepté tout de suite, j'étais si heureuse !

— Tu l'aimais ?

— Maintenant, je sais que non, mais à l'époque, je le pensais sincèrement. À partir de ce moment-là, ma grande hantise a été de devoir le présenter à ma famille. Il était le fils unique d'un entrepreneur de la région et ses parents étaient des gens aisés et sans histoires. Ce que j'ai redouté s'est réalisé devant moi et je n'ai rien pu faire pour empêcher cela. Au premier regard, il est tombé amoureux fou de Brigitte. Il m'a quittée peu après. Pour elle.

— Et ta famille ? N'ont-ils pas ouvert les yeux ? Le comportement de Brigitte était ignoble ! s'exclama Leandros, pour qui les pièces du puzzle se mettaient enfin en place.

— Ils ont trouvé ça normal, puisqu'elle était si belle, et m'ont demandé de ne pas faire de scandale. Mais, ce n'est pas le pire. Ma sœur a quitté son emploi en piquant dans la caisse au passage, quand elle et Pascal sont partis à Paris.

— Que s'est-il passé ?

— Eh bien, j'ai dû arrêter la fac en catastrophe pour revenir à la maison. C'était horrible, car j'aimais étudier. Alors, je te laisse imaginer mon état d'esprit quand ils m'ont annoncé que je devais y mettre un terme.

— Mais, en quoi étais-tu concernée ?

— Le directeur de l'usine a accepté de ne pas porter plainte, parce qu'il avait eu une liaison avec ma sœur et qu'il avait trop peur que sa femme l'apprenne. Par contre, il a refusé de passer l'éponge sur le vol. Comme mes parents n'avaient pas d'argent, ils ont trouvé un compromis. Je devais travailler là-bas, jusqu'à ce que la somme soit remboursée. Si bien que pendant la première année, j'ai bossé presque gratuitement. Ensuite, je suis restée, car mon père avait perdu son emploi. Il buvait et le départ de ma sœur avait empiré les choses. Son chef de chantier en a eu assez de le voir arriver en titubant dès le matin. Et un jour, il lui a dit de rester chez lui. J'étais donc la seule à bosser. Dès lors, il a été hors de question de retourner à l'université. C'en était terminé de mes rêves !

— Comment as-tu pu accepter tout cela ? Tu as dû travailler pour payer le séjour ta sœur avec ton fiancé, c'est hallucinant ! s'indigna Leandros

— Non, c'est toute l'histoire de ma vie. Aussi loin que je me rappelle, il a toujours fallu que je répare les dégâts qu'elle causait. Et puis, tu as l'air de penser que j'ai eu le choix ! Mais, qu'est-ce que je pouvais faire d'autre ?

— Je n'en ai aucune idée. Ceci dit, je comprends mieux et je me rends compte que j'ai été profondément injuste avec toi. Tu as tout fait pour m'aider à récupérer Thomas, et en retour, je ne t'ai témoigné que du mépris et des reproches. J'ai honte de moi, tu sais. Surtout de mon attitude, le soir de notre mariage, ajouta-t-il, visiblement contrit. D'ailleurs, avant de te connaître, jamais je n'aurais pensé que j'étais capable de me comporter ainsi. Je n'ai pour seule excuse que mon besoin de te faire payer le mal que ta sœur a fait à ma famille. C'est moche, je le reconnais aujourd'hui, mais c'était plus fort que moi.

— Je m'en doutais, mais je refuse de continuer à trinquer pour les agissements de Brigitte ! se rebella Jeanne, en se levant d'un bond comme si elle avait été assise sur un ressort.

Cette fois, elle en avait vraiment assez ! Assez de payer les pots cassés, assez d'être traitée comme si elle était pareille que son aînée. La colère qu'elle ressentait était un trop-plein de toutes les humiliations que celle-ci lui avait fait subir, et surtout, du fait que Leandros, son mari, l'ait cataloguée comme une garce sans la moindre morale.

Le regard qu'elle lui lança était chargé de fureur, mais aussi d'une profonde tristesse et il en fut bouleversé. Il regrettait tellement de l'avoir méjugée, d'avoir pensé que parce qu'elle avait un lien de filiation avec Brigitte, elle était comme elle. Pourtant, à maintes reprises, Jeanne lui avait dit et répété qu'elle n'était pas sa sœur. Mais, il avait refusé de l'écouter et avait continué à s'enfoncer dans ses convictions erronées.

Cette constatation le peina, car pour une raison qu'il ignorait, il ne voulait pas que Jeanne ait une mauvaise opinion de lui. C'était une femme bien et elle méritait qu'il la traite avec tous les égards. Depuis qu'il la connaissait, il ne lui avait jamais laissé le bénéfice du doute, alors que tout dans son attitude envers lui, mais aussi et surtout, vis-à-vis de Thomas, forçait l'admiration. Cette dignité et ce respect qu'elle avait d'autrui dénotaient une grandeur d'âme comme on en rencontrait peu de nos jours.

Alors qu'elle s'apprêtait à quitter la terrasse pour lui cacher les larmes qui roulaient sur ses joues, il la rattrapa et la serra contre lui, passant ses bras autour de la taille fine de la jeune femme et appuyant son torse contre le dos frêle. Les lèvres dans ses cheveux, il lui murmura avec une sincérité qu'elle ne put mettre en doute.

— Jeanne, je m'en veux tellement de t'avoir si mal traitée. Tu n'as rien fait pour mériter cela et j'ai été ignoble avec toi. Je te demande pardon. Laisse-moi une chance de te prouver que je ne suis pas un salaud.

— Comment ? demanda son épouse d'une voix tremblante. En sautant dans ton lit ? C'est le nouveau petit manège pervers que tu as mis au point pour m'humilier ?

— Non ! Ce n'était pas un jeu. Tu es belle, bien plus belle que Brigitte, et j'avais vraiment envie de toi.

— Jusqu'à présent, tu n'avais jamais insulté mon intelligence. C'est maintenant chose faite ! s'exclama-t-elle en se dégageant brusquement.

La prenait-il pour une idiote au point de penser qu'elle goberait un mensonge aussi énorme ? De tout temps, elle avait été le vilain petit canard et sa sœur le cygne. Et cet homme voulait lui laisser croire qu'il n'en était rien ?

— Je t'interdis de dire que je mens, Jeanne. Je n'ai jamais été aussi sincère de ma vie ! Oui, j'ai envie de toi, mais pas pour t'humilier. Tu me plais, c'est tout.

— Eh bien ! Soit Bianca te manque plus que tu ne l'imagines, soit tu n'as rien eu à te mettre sous la dent depuis trop longtemps, rétorqua la jeune femme avec une ironie mordante.

Sentant que la situation dérapait, Leandros lâcha Jeanne et la contourna pour lui faire face. Il voulait la paix, pas la guerre. Il avait envie d'apprendre à la connaître et de lui montrer sa personnalité, avec ce qu'elle comportait de meilleur, puisqu'elle n'en avait vu que le pire. Pour cela, il comprit qu'il devait d'abord gagner sa confiance. Or, jusqu'à présent, il n'avait rien fait pour cela.

— Je vais faire comme si je n'avais pas entendu tes dernières paroles, décréta-t-il d'une voix posée et calme. Je te propose une trêve. J'aimerais que nous apprenions à nous connaître. C'est important pour Thomas et ça l'est aussi pour nous.

— À qui la faute, si ce n'est pas le cas ?

— À moi, je le sais et je m'en suis excusé ! Mais, ce n'est pas en me le reprochant toutes les cinq minutes que nous avancerons, lui fit-il remarquer avec bon sens. Jeanne, je te demande juste un peu de temps pour devenir ton ami.

— Ami ? s'étonna-t-elle, soudain calmée.

— C'est un début. Soyons clairs, j'ai toujours envie de toi. Mais, je te veux consentante dans mon lit. Alors, j'attendrai que tu viennes à moi.

— Et si ça n'arrive jamais ? interrogea-t-elle, les yeux plissés, tentant de deviner s'il était sincère ou s'il se moquait encore d'elle.

Toutefois, il avait le regard franc et droit et elle dut admettre qu'il pensait vraiment ce qu'il disait. Pour Thomas, elle devait lui laisser une chance.

— Je prends le risque.

— Très bien, acquiesça la jeune femme en souriant timidement. Amis, alors…

Elle lui tendit la main pour sceller leur accord. Leandros s'en saisit et l'attira vers lui pour lui planter un baiser sonore sur la joue en s'esclaffant. Puis, il l'enlaça par l'épaule et se dirigea vers la cuisine.

— Viens, fêtons ça devant un café, il est trop tôt pour le champagne. Mais, ta délicieuse tarte au citron compensera largement !

Jeanne éclata de rire, soulagée par le tour qu'avaient pris les évènements. L'enfer qu'elle vivait depuis son mariage allait enfin s'arrêter et être son amie n'était déjà pas si mal. Car, il était inutile de se leurrer. Elle était tombée éperdument et follement amoureuse de son époux. Si jusqu'à présent, elle avait refusé de l'admettre, c'était uniquement en raison de l'attitude déplorable qu'il avait eue. Or, la donne avait changé et il souhaitait se rapprocher d'elle.

Cela étant, elle ne put s'empêcher de se demander ce que sa maudite sœur avait bien pu faire à la famille Bauer pour susciter autant de haine.

12

Dans l'avion qui les ramenait vers Salzbourg, Jeanne ne put s'empêcher d'appréhender leur arrivée en Autriche. Les trois dernières semaines avaient été inoubliables. Leandros était resté avec elle et Thomas pendant tout le séjour. Comme il le lui avait proposé, ils avaient appris à se connaître et s'étaient trouvé beaucoup de points communs.

Durant les premiers jours, Jeanne s'était longuement confiée à lui, expliquant par le détail le calvaire qu'elle avait vécu, enfant, et tout ce qu'elle avait subi à la place de Brigitte. Elle espérait ainsi qu'il lui dirait ce qu'il reprochait exactement à sa sœur. Mais, s'il l'avait écoutée avec attention, il n'avait pas jugé utile de lui faire de révélations fracassantes et elle n'avait pas osé poser la question franchement.

Les jours suivants, cette préoccupation était passée au second plan, car ils avaient visité les sites de l'île ou avaient tout simplement fait de grandes balades.

Leandros avait aussi noué une relation forte avec son neveu qui s'était senti rapidement en confiance, ne hurlant plus dès que son oncle le prenait dans ses bras. Si les journées se déroulaient à trois, les soirées lui étaient entièrement consacrées. Ensemble, ils cuisinaient, puis dînaient sur la terrasse en discutant à bâtons rompus de tout et de rien. Ensuite, soit ils lisaient, soit ils jouaient au poker, jeu auquel la jeune femme était tellement douée que s'ils avaient misé de l'argent, Leandros se serait fait plumer comme un débutant ! Il se croyait fort, mais devait admettre qu'il avait trouvé son maître en la personne de son épouse.

Et puis, il y avait ce lien indéfinissable qui se tissait entre eux. Une attirance se développant au fur et à mesure qu'ils se découvraient. Ces trois derniers jours, Jeanne avait réalisé que Leandros avait de plus en plus de mal à la laisser se coucher seule. Alors, il lui parlait encore sur le palier comme s'il ne voulait pas la quitter, même pour une nuit. Ses gestes envers elle avaient également changé, de façon subtile, avait-elle remarqué. Ainsi, quand ils se promenaient, lui prenait-il la main, ou bien lorsqu'ils étaient assis sur le canapé, allongeait-il le bras sur le dossier pour faufiler les doigts dans ses cheveux et jouer avec les mèches brunes.

Ces caresses électrisaient la jeune femme et il semblait de plus en plus clair que son mari souhaitait passer à la vitesse supérieure. Il lui laissait l'initiative de ce changement et le baiser qu'il posait sur son front, chaque soir, demeurait chaste. Toutefois, Jeanne, affublée d'une timidité maladive et de ce petit reste de méfiance, n'arrivait pas à faire le premier pas.

Elle avait trop peur d'avoir mal interprété ses gestes, ou encore de se faire des illusions, là où il n'y avait absolument pas lieu de s'imaginer des choses qui n'existaient que dans son esprit enfiévré. Car, plus le temps passait, plus elle l'aimait. À un point qu'elle n'aurait jamais cru possible. S'il le lui avait demandé, elle aurait marché dans les flammes ou sauté du haut d'une falaise. Cette passion qu'elle ne contrôlait pas et qui créait une sensation de dépendance, un peu comme une drogue, la paniquait. Et jusqu'à présent, elle n'avait pas eu la force de surmonter cette peur.

Aujourd'hui, elle le regrettait, car en Autriche plus rien ne serait pareil. Leandros allait retrouver son travail si prenant, ses amis et surtout ses amies. De plus, il évoluait dans le cercle fermé de la haute bourgeoisie salzbourgeoise et Jeanne avait l'impression qu'elle s'y sentirait aussi déplacée qu'un éléphant dans un magasin de porcelaine, elle, la petite ouvrière lorraine.

Peut-être que si elle l'avait laissé se rapprocher d'elle en Grèce, les choses auraient été plus faciles. Mais, il était trop tard pour revenir en arrière.

À cet instant, elle vit le front de son époux se plisser, tandis qu'il lisait un texto. Entre eux, Thomas sommeillait paisiblement dans son siège bébé. Entouré de soins et d'attention, il s'épanouissait de jour en jour et avait commencé à prendre du poids. Il était à présent en pleine forme, même s'il demeurait chétif.

— Un problème ? questionna Jeanne, au moment où Leandros se tournait vers elle.

— À toi de me le dire, chuchota ce dernier, en se penchant pour n'être entendu que d'elle. Ma mère vient de m'envoyer un SMS pour me demander si elle devait nous faire préparer une ou deux chambres.

— Et qu'as-tu répondu ? interrogea-t-elle avec un détachement feint.

— Pour l'instant, rien. Alors ? Aimerais-tu partager la mienne ?

— Je n'en ai aucune idée. Et toi, que souhaiterais-tu ?

— Jeanne, je t'ai posé la question en premier, répliqua-t-il avec une moue gentiment moqueuse.

— Mais avant de répondre, je voudrais savoir ce que tu en penses, argua-t-elle en rougissant.

— Eh bien, ça me plairait que tu dormes avec moi. Mais, comprends-tu exactement ce que cela signifie ?

Les pommettes de Jeanne se colorèrent davantage et elle se détourna un instant pour regarder le ciel bleu à travers le hublot. Leandros lui offrait l'opportunité de s'abandonner à ce désir qui la consumait depuis des semaines et l'empêchait très souvent de trouver le repos. Cependant, comme il le lui avait indiqué, il attendait que ce soit elle qui vienne à lui. Il lui tendait la main, mais il n'irait pas plus loin. À sa grande surprise, les mots sortirent d'eux-mêmes, alors qu'elle pivotait à nouveau vers lui pour croiser son regard brûlant.

— D'accord.

Elle ne put en dire plus et comprit à son air satisfait que c'était exactement ce qu'il avait désiré entendre. Les dés étaient donc jetés et dès ce soir elle serait dans son lit. Elle n'était pas sûre d'avoir opté pour la bonne décision, mais elle ne voulait pas avoir de regrets. S'il y avait la plus infime chance pour que Leandros partage ses sentiments un jour, alors elle devait prendre des risques.

Néanmoins, sa joie fut aussitôt ternie par l'angoisse. Comment se débrouillerait-elle, alors qu'elle n'avait plus eu de relations sexuelles depuis des années ? Pascal avait été son premier amant et elle avait été sa première maîtresse. Le manque de savoir-faire de son fiancé avait laissé Jeanne souvent frustrée, mais par amour, elle l'avait accepté.

Aujourd'hui, les choses étaient différentes. Leandros était un homme d'expérience qui avait eu, à n'en pas douter, de nombreuses aventures. N'allait-il pas la trouver godiche et empotée ?

De son côté, il observa le dilemme qui semblait habiter sa femme. Enfin elle lui permettait de se rapprocher d'elle physiquement et il en était heureux, parce que son désir pour elle était tel qu'il en devenait douloureux. Quelle frustration, chaque soir, de la voir fermer la porte de sa chambre. Mais en même temps, là où il n'aurait pas hésité un instant avec une autre, il se trouvait maladroit et ne savait comment lui faire comprendre à quel point elle lui plaisait. Car oui, sa compagne le charmait, malgré les binocles qui lui couvraient la figure. Maintenant qu'il la connaissait mieux, il pouvait dire sans fausse pudeur qu'elle avait un corps de déesse et le visage d'une madone. À plusieurs reprises, et sur son insistance, elle avait accepté avec réticence de retirer ses lunettes. Son regard sombre était hypnotique et ne cessait de le fasciner. Oui, Jeanne était son unique fantasme depuis qu'il était revenu en Grèce et il était heureux de savoir que, dès ce soir, il pourrait le concrétiser. À cette pensée, une partie de son corps eut une réaction des plus enthousiastes et il dut croiser les jambes pour cacher la protubérance qui germait dans son pantalon. Mais aussi, quelle idée de s'imaginer nu avec elle dans un lit, en train de la caresser et de l'entendre gémir !

À leur arrivée à l'aéroport, et après le passage de la douane, ils gagnèrent rapidement la berline qui les attendait à l'extérieur. Thomas dormait toujours dans les bras de son oncle, son doudou à la main. Jeanne, quant à elle, sentit une tension nerveuse l'envahir à mesure qu'ils approchaient des quartiers huppés de Salzbourg, où ses beaux-parents possédaient un hôtel particulier. Leandros lui avait expliqué qu'il venait de vendre sa propre maison, à leur demande, pour s'installer chez eux. Leur résidence, située sur les bords de la Salzach, à quelques minutes à pieds du centre-ville, comportait deux étages.

La voiture s'arrêta devant un grand portail de fer dont les battants s'ouvrirent doucement. Jeanne tenta tant bien que mal de combattre son angoisse, en admirant le paysage qui s'offrait à elle par la fenêtre. Elle ne connaissait cette ville que de réputation, puisqu'elle était célèbre pour son festival de musique consacré à Mozart. Ce qu'elle en vit la charma aussitôt.

Face à elle se trouvait un pont qui enjambait la Salzach. De l'autre côté, elle observa ce qui pouvait être le centre-ville, constitué de maisons remarquablement rénovées et peintes dans des couleurs vives et chatoyantes. En arrière-plan, sur les hauteurs, se dressait un château d'une blancheur éclatante auquel on pouvait accéder par un téléphérique. Les rues étaient surplombées de falaises qui semblaient avoir été creusées pour les accueillir.

L'ensemble respirait l'argent et la beauté d'un patrimoine soigneusement entretenu. D'ailleurs, Jeanne n'avait jamais vu autant de voitures de luxe au mètre carré. De toute évidence, Salzbourg était une ville huppée.

Elle se détourna, tandis que le véhicule pénétrait lentement dans un parc magnifiquement arboré et où de nombreux massifs de fleurs avaient été plantés. Spacieux, celui-ci n'était pas exagérément grand, mais mettait en valeur la magnifique maison blanche devant laquelle le chauffeur venait de s'arrêter. Les contours des fenêtres et des portes-fenêtres étaient en pierre de taille, donnant un cachet supplémentaire au bâtiment. Sur le côté, elle put apercevoir une très jolie véranda dans laquelle il devait être bien agréable de se reposer. La porte d'entrée s'ouvrit au moment où elle sortit de la voiture. Leandros, pour sa part, avait repris Thomas dans ses bras et faisait le tour de la berline pour la rejoindre.

Maria descendit les quelques marches précipitamment pour s'approcher d'eux, comme hypnotisée par l'enfant que son fils tenait contre lui. Elle salua rapidement sa bru, avant de demander en allemand à Leandros de lui laisser porter le bébé. Ce dernier obtempéra immédiatement, heureux d'observer enfin un sourire rayonnant sur son visage marqué par le chagrin. Sur le perron, Helmut, visiblement ému, attendait appuyé lourdement sur une canne. À ses côtés se trouvait une jolie blonde que Jeanne n'avait jamais vue.

Celle-ci dévala les marches pour s'approcher de son mari, après lui avoir jeté un bref regard peu amène. Mais, qui était cette femme ? se demanda Jeanne en fronçant les sourcils. Elle commençait à en avoir assez de tout ce harem de beautés qui se pendaient invariablement au cou de son play-boy d'époux !

Déjà sur l'île, chaque fois qu'ils allaient chez l'épicière ou à la boulangerie, ces dernières lui faisaient les yeux doux. Puis, dans l'avion du retour, rebelote avec les hôtesses de l'air. Jamais elle n'avait vu un passager être aussi bien traité ! Et systématiquement, lorsque l'une d'entre elles remarquait leurs alliances identiques, il y avait ce regard chargé d'incompréhension, voire de stupeur. Ou traduit en bon français, comment un thon dans son genre pouvait-il être l'épouse d'un pareil Apollon ? Et évidemment, Leandros n'avait conscience de rien, ou alors faisait-il mine de ne pas s'en apercevoir. Elle soupçonnait d'ailleurs qu'il devait être si souvent le centre d'attention de la gent féminine qu'il trouvait cela tout à fait naturel. Et pourtant, cela ne l'était pas. Ce genre de constatation lui faisait d'autant plus s'interroger sur les raisons pour lesquelles il la désirait. Voilà qui restait un grand mystère.

Elle revint à la réalité au moment où la jeune femme blonde enlaça son mari, d'une manière qui lui sembla trop familière. Leandros accepta son étreinte, mais s'écarta rapidement. Il paraissait plutôt mal à l'aise. Puis, il s'approcha de Jeanne, l'autre toujours pendue à son bras.

— Laisse-moi te présenter Elizabeth qui était la fiancée de Nikos. Lizzie, voici Jeanne, mon épouse.

Était-ce son imagination qui lui jouait des tours ou avait-il réellement mis l'accent sur ce dernier mot, comme pour avertir celle qui fut la compagne de son frère qu'il n'était désormais plus libre ? À cette seule idée, Jeanne sentit un sourire de satisfaction la gagner. Apparemment, Leandros était assez intègre pour ne pas être intéressé, alors qu'elle était à ses côtés.

Lizzie hocha brièvement la tête, puis pivota et entra directement dans la maison. Eh bien, en voilà une qui semblait ne pas l'apprécier, songea-t-elle en emboîtant le pas à son mari qui se dirigeait à présent vers son père pour l'embrasser.

À son grand étonnement, cette fois, Helmut la salua avec plus de chaleur que lors de leur première rencontre à Athènes. Visiblement, le fait qu'elle ait permis que Thomas revienne en Autriche jouait en sa faveur. Rassurée, elle se détendit et les suivit à l'intérieur.

L'entrée était d'une extrême élégance, mais moins impressionnante que Jeanne ne l'avait redouté. Son mari lui fit visiter la maison, dont les hautes pièces spacieuses étaient emplies de meubles d'antiquaires et de nombreux tableaux, sans doute de valeur. Pour autant, l'ensemble était accueillant et chaleureux, et ne ressemblait en rien à un musée.

Le rez-de-chaussée, comme elle le découvrit, était constitué d'une immense cuisine, d'un séjour et d'une salle à manger relativement vastes, ainsi que de trois chambres d'amis, en plus de la suite des maîtres. Le tout avec autant de salles de bain. Thomas intégra une des pièces du premier qui avait déjà été transformée en nurserie en vue de son arrivée. La chambre où elle et Leandros prirent leurs quartiers était située juste à côté et était communicante avec celle du bébé. De fait, et tacitement, il fut décidé qu'elle, Thomas et Leandros s'installeraient au premier étage afin de jouir d'un peu d'intimité. En outre, elle y disposait d'un salon, d'un séjour de taille plus modeste, d'une chambre supplémentaire, ainsi que d'une cuisine flambant neuve donnant sur un balcon qui avait tout d'une terrasse. De nombreux travaux semblaient avoir été effectués récemment pour rendre l'étage totalement indépendant. Sans doute, avaient-ils été consécutifs à la décision prise par son mari de s'installer à nouveau chez ses parents, après le décès de Nikos.

Intimidée, Jeanne se tenait sur le pas de sa future chambre, incapable de savoir quelle attitude adopter. La mère de Leandros avait disparu avec le petit garçon et elle se trouvait là, toute seule, se demandant si elle devait partir à leur recherche ou les laisser faire tranquillement connaissance. La pièce était peinte dans des tons bleus qui s'harmonisaient parfaitement avec les meubles de chêne clair. Les rideaux, le couvre-lit ainsi que la moquette étaient assortis aux murs. L'ensemble simple, confortable et de bon goût invitait au repos et à la détente.

Ce fut la voix de son mari qui, la faisant sursauter, la sortit de sa léthargie.

— Jeanne, ne reste pas plantée là, voyons, fit-il avec un sourire charmant. Considère que tu es ici chez toi. Entre, lui souffla-t-il à l'oreille en la poussant gentiment à l'intérieur avant de refermer la porte.

Fascinée, la jeune femme l'observa tandis qu'il s'approchait d'elle. Dans son jean clair et son chandail noir, il était à tomber. Dire qu'il était son époux ! Elle n'arrivait toujours pas à le réaliser.

— Dommage que nous soyons attendus pour le dîner dans une demi-heure, car j'aurais volontiers fait une sieste crapuleuse dans tes bras, murmura-t-il, le visage enfoui dans sa chevelure. Mais, nous nous rattraperons tout à l'heure, ajouta-t-il avec malice.

À ces paroles, Jeanne se sentit rougir comme une écolière. Depuis qu'elle avait accepté de faire chambre commune, elle ne pensait qu'à cela.

À leur arrivée, elle avait été tellement charmée par les lieux qu'elle avait mis cela entre parenthèses. Maintenant que le moment approchait inexorablement, elle ne savait plus comment appréhender la situation. Fallait-il l'avertir de son manque d'expérience ? Ou pas… Il était préférable de laisser les choses venir sereinement. Sauf que c'était plus facile à dire qu'à faire ! Surtout quand elle sentait, comme en cet instant, une délicieuse excitation gagner son corps.

Semblant ne pas se rendre compte de son trouble, Leandros se dirigea vers la salle de bains. Ce faisant, il l'informa que sa mère s'apprêtait à baigner Thomas et que tout se passait pour le mieux entre eux. Jeanne en conçut une pointe de jalousie, mais se reprit aussitôt. Il n'était pas uniquement à elle. Elle avait profité du bébé durant plus d'un mois et devait, dorénavant, apprendre à partager.

Leandros lui montra le dressing dans lequel leurs affaires avaient déjà été rangées, puis s'éclipsa. Désœuvrée, elle décida de choisir sa tenue pour le dîner. Il était évident que le jean n'était pas du meilleur goût. Aussi, préféra-t-elle remettre la robe bleu-marine qu'elle avait achetée à Athènes, la veille de la noce.

De par son extrême simplicité, la jeune femme n'était pas portée sur la mode et ses vêtements devaient avant tout être confortables. Cela ne l'empêcha pas de se rendre compte qu'il était urgent d'étoffer sa garde-robe avec des tenues plus classiques. Elle ne voulait surtout pas faire honte à son mari devant ses amis !

Leandros sortit de la salle de bain en sifflotant. Il se sentait heureux comme il ne l'avait pas été depuis des lustres. La Grèce avait beau être un pays magique, l'Autriche lui avait manqué, comme chaque fois. Sauf que dès le lundi suivant, soit dans trois jours, il devrait s'absenter durant six semaines. Il partait en Australie.

Ce voyage de prospection étant prévu de longue date, il ne pouvait pas l'annuler. Jeanne l'ignorait encore et il avait du mal à lui annoncer que durant plus d'un mois, elle serait seule avec ses parents et Thomas. Il ne doutait pas que la jeune femme ferait leur conquête par son naturel et sa gentillesse, mais il s'en voulait malgré tout de la laisser.

D'ailleurs, d'où lui venait ce soudain besoin de protection ? Cette nécessité qu'il avait de les savoir, elle et le petit, auprès de lui ? Il n'en avait aucune idée, mais c'était comme ça et, depuis trois semaines, il ne cherchait plus trop à comprendre ce qui lui arrivait. Tout ce dont il était sûr, c'était qu'une complicité formidable était née entre eux et que leur entente était parfaite.

Jeanne était très intelligente, cultivée, raffinée et extraordinairement drôle. Jamais une femme ne l'avait tant fait rire, ni ne l'avait autant intéressé. Ainsi, lors de leurs visites, elle l'avait étonné par son savoir et, à certains moments, il s'était fait l'effet d'être un véritable ignare à son côté.

De plus, cette nuit, leur relation prendrait une autre dimension, puisqu'à cette complicité intellectuelle allait s'ajouter un rapprochement physique qu'il attendait et espérait avec impatience, depuis le soir où il l'avait embrassée et où elle s'était refusée à lui. Et ce n'était pas un problème de manque sexuel, car aucune femme ne lui avait plus fait envie depuis le jour où il s'était marié, pas même Bianca. Alors maintenant, il fallait que ça cesse, songea-t-il en s'installant dans un fauteuil et en saisissant son ordinateur portable, tandis que l'objet de ses pensées gagnait à son tour la salle de bain.

Jeanne se glissa avec délice sous la douche. Elle se sentait plus troublée que jamais par son époux qui semblait, pour sa part, parfaitement détendu. Rasé de près, vêtu d'un pantalon noir, ainsi que d'une chemise blanche, il était irrésistible. De plus, en passant tout près de lui, elle avait humé la fraîche odeur de son eau de toilette. Et comme si cela ne suffisait pas, toute la salle de bain embaumait cet exquis parfum d'agrumes et de bergamote.

Quelques minutes plus tard, la jeune femme le rejoignit et, ensemble, ils quittèrent la chambre pour retrouver Maria dans le salon avec Thomas et Helmut. Le petit garçon riait aux éclats tandis que son grand-père le faisait sauter sur ses genoux. Le vieil homme semblait en adoration devant ce bonhomme qui ressemblait, selon Leandros, comme deux gouttes d'eau à Nikos.

Dans un fauteuil, Lizzie jetait un regard distrait à ce spectacle. Son visage ne s'illumina que lorsqu'elle aperçut son mari. Jeanne en conçut aussitôt un malaise. Pourquoi cette fille, qui avait été sur le point d'épouser Nikos, l'observait-elle avec une admiration qui frisait l'indécence ? C'était étrange. Étrange et malsain. Pourtant, Leandros ne lui donnait aucune raison de se faire des idées. Son attitude était chaleureuse, mais sans ambigüité.

Au moment du biberon, Thomas réclama Jeanne en tendant les bras dans sa direction, si bien que la jeune femme le prit contre elle pour le nourrir sous le regard attendri de l'assistance. Ensuite, fatigué par le voyage, il s'endormit rapidement. Elle se leva pour l'emmener dans sa chambre, avant de brancher le baby-phone.

Lorsqu'elle revint dans le salon, ses yeux furent attirés par un magnifique piano à queue. Helmut, qui avait remarqué la fascination que l'instrument exerçait sur sa bru, lui demanda :

— Jeanne, jouez–vous ?

— Euh oui, répondit la jeune femme, intimidée.

— C'est exact ! s'exclama Leandros en souriant. Tu as un piano électrique chez toi.

— Effectivement. Je n'ai ni les moyens ni la place d'en avoir un vrai et certainement pas un si beau. Celui-ci est magnifique.

— Vous pourrez vous en servir autant que vous en aurez envie, proposa Maria avec gentillesse.

— Pourquoi ne nous feriez-vous pas une démonstration de vos talents ? Si vous jouez aussi bien que votre sœur, nous allons beaucoup nous amuser ! s'exclama Lizzie avec ironie.

— Brigitte nous avait expliqué qu'elle était une virtuose, mais nous avons très vite compris que c'était faux, précisa Helmut.

— Brigitte, pianiste ? fit Jeanne en s'esclaffant. Mais jamais de la vie ! Je peux vous certifier qu'elle n'a pas suivi une seule leçon de solfège. Alors, connaître cet instrument, par ailleurs, si compliqué !

La jeune femme fut prise d'un fou rire tant le ridicule des déclarations de sa sœur était grand.

— Parce que vous, vous savez ! poursuivit Lizzie, qui ne semblait pas goûter à l'hilarité générale.

— Oui. J'ai longtemps été gardée par une vieille demoiselle qui enseignait au conservatoire. C'est elle qui m'a appris, se sentit obligée d'expliquer Jeanne. Et croyez-moi, en raison de mes problèmes de vue, ce n'était pas gagné.

— Eh bien, montrez-nous de quoi vous êtes capable, la défia la blonde Anglaise.

— Mais oui, Jeanne, allez-y. Ne soyez pas gênée, enchérit Helmut qui avait compris le piège que lui tendait la fiancée de Nikos et voulait lui aussi la tester.

Jeanne se leva et se dirigea vers l'instrument. Elle ne doutait pas de savoir jouer un air sans partition, puisqu'elle avait pris l'habitude d'apprendre les notes par cœur, en raison de sa myopie. Pour autant, elle se sentait mal à l'aise, tout simplement parce qu'elle n'appréciait pas d'être le centre d'attention. Or, là, quatre paires d'yeux étaient braquées sur elle.

Inspirant profondément, elle s'installa au piano, régla la distance du siège aux pédales et releva le cache qui couvrait le clavier. Qu'allait-elle bien pouvoir jouer ? Elle décida d'interpréter la dernière mélodie sur laquelle elle avait travaillé, parce qu'elle aimait beaucoup cet air et qu'en plus les notes étaient encore présentes dans sa mémoire.

Mais, lorsque ses mains entrèrent en contact avec les touches, elle était tellement tendue que la première note fut fausse, à tel point qu'elle se hérissa. Rougissante, mal à l'aise, Jeanne ne savait plus que faire. Pourtant, elle était douée, cela ne faisait aucun doute !

Elle avait pris des cours de piano pendant presque quinze ans. Et elle n'en aurait retenu que cela, des fausses notes ? Non ! Alors pourquoi ses doigts étaient-ils gourds et refusaient-ils de s'exécuter ? C'était une situation très embarrassante, parce que cela confortait Lizzie dans sa certitude qu'elle mentait et que les parents de Leandros auraient toutes les raisons de supposer qu'elle était comme sa sœur.

Soudain, elle sentit la main rassurante de son mari serrer son épaule. Elle ne l'avait pas vu se lever et sursauta violemment.

— Joue pour moi, Jeanne, murmura-t-il en accentuant la pression qu'il exerçait sur elle.

Alors, comme mue par un élan invisible, elle posa ses doigts sur le clavier. Le début fut laborieux, mais au bout de quelques secondes, elle se détendit. Le morceau choisi n'était pas classique, mais contemporain, puisqu'il s'agissait d'« Una Mattina » de Ludovico Einaudi. Cet air l'avait beaucoup marquée lorsqu'elle avait été voir le film « Intouchables » qui avait connu un succès incroyable en France.

Dès son retour du cinéma, elle avait commandé les partitions sur internet et avait travaillé dessus peu après les avoir réceptionnées, si bien qu'elle le maîtrisait maintenant parfaitement. L'aisance et la fluidité qui caractérisaient sa manière de jouer revinrent et elle ne se rendit pas compte à quel point son auditoire était sous le charme, sauf Lizzie peut-être.

Lorsqu'enfin les dernières notes résonnèrent, il y eut un silence qui lui laissa immédiatement croire que personne n'avait apprécié ses talents de musicienne. C'était navrant, car c'était la première fois qu'elle se produisait en public. Tristement, elle quitta son siège.

Ce fut le moment que choisit Helmut pour se lever et applaudir, aussitôt imité par son épouse. Leandros se joignit à eux en lui faisant un clin d'œil, puis s'approcha d'elle et lui prit la main pour en embrasser les doigts. Rougissante, Jeanne baissa le visage, mais il le lui releva et posa délicatement ses lèvres sur les siennes. La jeune femme, heureuse comme jamais, ne redescendit de son nuage que lorsqu'elle entendit la porte du salon claquer. Lizzie qui venait de quitter la pièce avec fracas.

Pendant le reste de la soirée, elle tenta tant bien que mal d'occulter cette attitude de rejet et l'Anglaise ne reparut pas durant le dîner. Oh, Jeanne n'était pas naïve au point de penser que cette absence n'était pas liée à elle. Mais, elle ne voulait pas se focaliser là-dessus. Par égard pour son mari et ses beaux-parents qui faisaient des efforts pour la mettre à l'aise, elle se résolut donc à oublier cet incident.

Peu après le café, Helmut et Maria se retirèrent dans leurs appartements. À nouveau, elle sentit le trac la gagner. La tension sexuelle qui régnait à présent était palpable et il ne fallut pas longtemps à Leandros pour se lever, la saisir par la main et l'entraîner vers l'étage, non sans avoir fait une halte devant la nurserie.

Lorsqu'il referma la porte de leur chambre, Jeanne était dans un état de nerfs indescriptible. Cherchant à retrouver le contrôle de ses émotions, elle alla dans la salle de bain et prit une douche rapide. Quand elle en ressortit, Leandros était assis dans un fauteuil, pieds nus et la chemise ouverte sur son torse sculptural, ombré par une fine toison sombre.

La jeune femme eut du mal à déglutir lorsqu'il s'approcha d'elle. Elle portait une nuisette de coton blanc. Sans lui laisser le temps de réfléchir, Leandros l'enlaça et posa ses lèvres sur les siennes. Aussitôt, elle fut parcourue par des frissons qui couraient sur toute sa peau. Elle se sentit soulevée par des bras puissants qui l'allongèrent sur les draps de lin.

Puis, son époux se redressa et commença à se dévêtir. Hypnotisée, elle était incapable de détourner les yeux. Il était parfaitement proportionné et comme elle l'avait déjà deviné, son corps était à la fois élancé et musclé. Et cet homme avait envie d'elle. C'était à proprement parler incroyable. Quand il retira enfin son caleçon, elle ne put s'empêcher de rougir, troublée par la virilité qui émanait de lui.

— Le spectacle est à ton goût ? demanda Leandros, amusé par sa gêne manifeste.

Incapable de répondre, elle ne put que hocher la tête. Alors, il s'approcha et, tel un fauve, rampa du pied du lit vers elle. Son regard était si intense qu'elle baissa les yeux. Ceux-ci se posèrent sur le sexe de son mari, pleinement éveillé, qui avait pris des proportions impressionnantes. L'embarras de la jeune femme augmenta encore d'un cran.

Leandros, pour sa part, semblait parfaitement à son aise. Il profitait totalement de ce moment qu'il attendait depuis trop longtemps. Jeanne, qui venait de placer ses lunettes sur le chevet, lui parut plus belle qu'elle ne l'avait jamais été. Ses cheveux étaient répandus sur l'oreiller et son regard trouble prouvait qu'elle était au moins aussi excitée que lui.

Saisissant le bas de la chemise de nuit, il la fit remonter le long de son corps nu avant de la lui passer par-dessus la tête. Enfin il découvrait ses courbes dans toute leur splendeur, alors qu'il n'en avait entraperçu qu'une partie. Elle était magnifique et sa peau avait la douceur du velours. N'y tenant plus, il se colla à elle et l'embrassa passionnément.

Aussitôt, elle répondit à son baiser, décuplant encore un peu plus l'envie qu'il avait de la posséder. Son torse épousait à la perfection la poitrine de la jeune femme.

Maintenant qu'il l'avait vue, il voulait la découvrir avec ses mains et ses lèvres, afin de la marquer de son empreinte. Il se redressa et s'éloigna avant d'explorer ses tétons du bout de la langue, en passant par son cou et ses épaules. Jeanne se tendait vers lui, appelant ses caresses.

Jamais elle n'avait éprouvé de sensations pareilles et elle n'en revenait pas que ses baisers puissent lui faire un tel effet. Pendant qu'il taquinait ses seins durcis, sa main dévia vers son ventre, avant de descendre plus bas. Jeanne était si sensuelle, si réceptive à ses attouchements, qu'il en fut bouleversé. Comment ne pas l'être face à cette femme qui était aussi belle à l'intérieur qu'à l'extérieur ?

Ses doigts la caressèrent plus intimement. Elle se mit à gémir de plus belle, tandis qu'il continuait à infliger une délicieuse torture à sa poitrine. Il embrassait, mordillait la chair si douce, alors que le rythme de sa main s'accélérait, l'emportant inexorablement vers un océan de plaisir.

Puis, soudain, la vague s'amplifia, gronda, l'entraînant dans une houle totalement incontrôlable. Son corps fut pris de convulsions, les plaintes devinrent des cris, alors qu'un orgasme absolument incroyable s'emparait d'elle.

C'était la première fois qu'elle réagissait ainsi et elle en eut le souffle coupé. Alors c'était cela le nirvana dont toutes ses amies parlaient, mais qu'elle n'avait jamais eu l'occasion d'expérimenter. Revenant tant bien que mal à la réalité, elle vit que Leandros la contemplait, un sourire empli de tendresse aux lèvres. Mal à l'aise d'avoir été la seule à connaître un plaisir aussi intense, elle rougit et baissa les yeux.

— Que se passe-t-il, Jeanne ? demanda son mari, intrigué par ce changement d'attitude.

— Je… c'est la première fois que je ressens ça, répondit-elle avec son honnêteté coutumière.

Leandros en éprouva une fierté toute masculine. La déclaration de Jeanne agissait comme un baume bienfaisant sur son ego. Ainsi, elle n'avait jamais connu la jouissance et c'était lui qui la lui avait fait découvrir. Elle lui avait déjà laissé comprendre à demi-mot qu'elle n'avait pas eu d'autre amant que le jeune homme auquel elle avait été fiancée.

— Et toi, tu n'as pas… continua-t-elle, visiblement au comble de la gêne.

— Mais ce n'est pas terminé ma douce, nous n'en sommes qu'au début, la rassura-t-il, avant de recommencer à l'embrasser.

Jeanne était au comble de la perplexité. Comment ça, ils n'en avaient pas fini ? Mais alors, pouvait-on éprouver du plaisir à plusieurs reprises pendant l'acte ? Contrairement à la plupart des femmes de son âge, elle n'avait rien appris de la sexualité, ni au contact de sa mère ni à celui des villageoises. Et voilà le résultat ! Elle était aussi novice qu'une jeune fille sortant du couvent au siècle dernier. Et ce n'était pas les quelques fois où elle avait couché avec Pascal qui avaient comblé ses lacunes. La plupart du temps, tout avait été expédié en quelques minutes en raison de leur inexpérience et surtout de l'impossibilité de son ex-fiancé à faire durer les choses. Cela ne lui avait pas vraiment posé problème. Après tout, comment regretter ce dont elle ne soupçonnait même pas l'existence ?

Elle n'alla pas plus loin dans ses réflexions, car déjà, les baisers de plus en plus passionnés de son mari menaçaient de la chambouler à nouveau. La bouche de Leandros quitta bientôt la sienne pour butiner une fois encore ses seins et, à son grand étonnement, la jeune femme sentit son corps, pourtant repu quelques instants auparavant, s'éveiller pleinement.

Les lèvres audacieuses de son compagnon descendirent plus bas, frôlant son ventre, avant de se poser sur son sexe. Jeanne était tétanisée par la hardiesse de cette caresse si décadente, mais qui lui procurait un plaisir jamais éprouvé. Très vite, elle se détendit et savoura sans fausse pudeur les sensations délicieuses qui germaient à nouveau en elle.

Il se redressa juste avant qu'elle ne sombre une deuxième fois, pour s'allonger sur elle après s'être protégé. L'instant suivant, leurs corps ne faisaient plus qu'un et alors qu'il commençait à se mouvoir en elle, elle fut emportée par une véritable tornade.

L'alchimie entre eux était absolument parfaite et lorsqu'ils basculèrent ensemble dans une extase hallucinante, Jeanne se sentit la femme la plus heureuse du monde. Ce qu'ils venaient de partager dépassait de loin tout ce à quoi elle s'était attendue et elle comprit que, pour elle, cela avait été bien plus qu'une simple relation sexuelle. Elle avait fait l'amour avec lui en se livrant totalement.

Leandros s'écarta et se dirigea rapidement vers la salle de bain. Il avait besoin de s'isoler quelques minutes pour se remettre de ses émotions. L'expérience qu'il avait vécue avec Jeanne était sans conteste la plus intense, la plus dévastatrice qu'il ait jamais connue et il tremblait encore du plaisir qu'il avait éprouvé quelques instants auparavant.

Allongée, solitaire sur le lit, la jeune femme se sentait abandonnée. Pourquoi s'était-il éloigné d'elle aussi rapidement ? Elle ne comprenait pas.

Puis, la douloureuse vérité s'imposa à son esprit. Elle seule considérait ce qui venait de se passer comme de l'amour. Elle seule avait imaginé qu'il pouvait l'aimer autant qu'elle l'aimait.

Pour lui, tout cela n'avait été que du sexe et, étant donné son manque d'expérience, peut-être du sexe décevant. Désarçonnée par cette supposition, elle remonta le drap sur son corps comme pour se protéger.

Ce fut le moment que choisit Leandros pour sortir de la salle de bain. Parfaitement à l'aise, même nu comme un ver, il s'approcha et s'allongea tout contre elle.

— Jeanne, que se passe-t-il ? demanda-t-il avec sa perspicacité habituelle.

— Tu es déçu, je le vois bien…

— Moi ? Déçu ? Eh bien, voilà une grande première, je n'étais pas au courant ! Et qu'est-ce qui fait penser une chose pareille à ce petit esprit tordu ? questionna-t-il en tapotant l'index contre sa tempe.

— Eh bien, moi, je ne t'ai pas caressé comme tu l'as fait.

— Et après ? Ne sais-tu pas qu'un homme éprouve un plaisir indicible à voir la femme qui est dans son lit se livrer à lui ? Alors, ôte-toi tout de suite cette idée de la tête ! Je ne suis pas insatisfait, mais pleinement heureux. Et nous avons toute la nuit devant nous. Rassure-toi, je vais bientôt te mettre à contribution.

Jeanne ne put empêcher un soupir de soulagement d'échapper de ses lèvres, ce qui fit éclater son mari d'un rire joyeux.

— Il faut que je te parle, annonça-t-il, en redevenant plus sérieux.

— Un problème ? s'enquit-elle, encore sur son petit nuage.

— Je pars en Australie. Le voyage était prévu de longue date, bien avant la mort de Nikos, et je ne peux pas annuler. Je suis désolé.

— Quand dois-tu t'en aller ? demanda-t-elle, soudain dégrisée.

— Lundi. Je serai absent un mois et demi.

— Si longtemps ! Mais, c'est dans six semaines que ta mère a décidé d'organiser le gala annuel pour son œuvre de charité. Tu ne seras pas là ?

— Si, j'essaierai de rentrer à temps.

Maria s'occupait d'une association venant en aide aux personnes âgées démunies. Pour lever des fonds, elle conviait des vedettes et notables locaux richissimes à un bal, depuis plusieurs années. C'était d'ailleurs une véritable institution, courue par tout le gratin salzbourgeois. L'évènement à ne rater sous aucun prétexte.

Soudain envahie par un étrange sentiment de tristesse, Jeanne se demanda comment elle allait faire sans lui durant tout ce temps. Il lui était devenu aussi indispensable que l'air pour respirer et à l'idée de son absence, elle se sentait vraiment malheureuse.

— Ça passera vite, ne t'inquiète pas. Et puis, je t'appellerai tous les jours, murmura-t-il pour la rassurer, avant de l'enlacer avec le regard d'un lion prêt à dévorer sa proie.

— Mais pour le moment, n'y pensons plus. Nous avons encore toute la nuit et le reste du week-end, ajouta-t-il avec une mine gourmande.

Puis, il la saisit dans ses bras pour l'embrasser avidement.

13

Leandros sortit avec soulagement du taxi qui le ramenait enfin chez lui. Voilà près de six semaines qu'il n'avait pas mis les pieds en Autriche et qu'il n'avait pas vu sa famille, Thomas, ainsi que sa femme. Jeanne avait occupé toutes ses pensées jusqu'à l'obsession, l'empêchant de profiter pleinement de ce déplacement qu'il avait pourtant attendu avec impatience, ravi de découvrir l'Australie.

Seulement, à partir du moment où elle l'avait déposé à l'aéroport et jusqu'à aujourd'hui, il n'avait songé qu'à elle. Dieu qu'elle lui avait manqué ! Bien plus qu'il ne l'aurait imaginé. Alors, il l'avait appelée jusqu'à deux fois par jour, juste pour entendre le timbre si doux de sa voix.

Il n'y avait eu qu'une période, au milieu de son séjour, où durant deux jours entiers, il n'avait pas pu lui parler. D'après sa mère, qu'il avait eue en ligne, elle était malade et il avait failli sauter dans le premier avion. Mais, avec son sens pratique habituel, Maria lui avait fait comprendre la stupidité d'un tel comportement.

Aujourd'hui, rien ne l'empêcherait plus de serrer enfin son épouse entre ses bras, comme il en avait rêvé si souvent.

Après avoir murement réfléchi, il en avait eu tout le loisir durant les soirées passées à errer comme une âme en peine dans sa chambre d'hôtel, il avait décidé de donner une vraie chance à son mariage. Jeanne était une femme belle, intelligente et d'une gentillesse peu commune. De plus, elle l'attirait comme un aimant, maintenant qu'il avait découvert la splendeur de son corps et de son visage qu'elle cachait si bien.

Malheureusement, aujourd'hui, il y avait le bal et comme par hasard, son vol de Londres à Salzbourg avait eu deux heures de retard, si bien qu'il aurait tout juste le temps de prendre une douche rapide et de se changer.

Les retrouvailles sensuelles dont il rêvait devraient être remises à plus tard dans la soirée et, pas de chance, il commençait déjà à souffrir du décalage horaire.

Il se sentit un peu déçu de découvrir Maria avec Thomas dans ses bras, sur le pas de la porte. Pourquoi Jeanne n'était-elle pas venue l'accueillir ?

— Les invités arrivent dans une demi-heure, l'informa sa mère en l'embrassant tendrement. Je suis restée avec le petit pour que tu puisses lui souhaiter bonne nuit, puis je l'emmènerai dans sa chambre. Sa nounou veillera sur lui.

— Et où est Jeanne ?

— Elle est avec la coiffeuse dans ma suite. Tu la verras au bal.

Leandros soupira en secouant la tête. Décidément, il allait devoir attendre encore. Son sang-froid commençait à se fissurer dangereusement. L'impatience et la fatigue avaient la fâcheuse tendance de le rendre nerveux et s'il y avait une chose qu'il ne voulait pas, c'était se gâcher la soirée, parce qu'il était de mauvaise humeur.

À leur arrivée en Autriche, il avait demandé à son épouse de recruter une nounou. D'après Helmut, elle avait refusé toutes les candidatures de gouvernantes diplômées et expérimentées. Au lieu de cela, elle avait engagé Elfriede qui venait des quartiers modestes de la ville, sans qualifications. Celle-ci n'avait eu pour elle que le fait d'avoir aidé sa mère à éduquer ses frères et sœurs.

Bien entendu, il aurait pu empêcher cela, mais après quelques jours, Maria lui avait expliqué que la jeune femme était d'une extrême gentillesse avec Thomas et que celui-ci l'avait immédiatement acceptée. Cela s'avérait donc un excellent choix. Il n'en avait, du reste, pas été étonné, sachant que Jeanne plaçait le bien-être du petit garçon au-dessus de toute autre considération.

En le serrant dans ses bras, il constata que Thomas avait encore poussé et pris du poids. Il gazouillait à présent et le fait qu'il lui ait tendu spontanément les mains l'avait empli de tendresse pour ce bonhomme brun aux yeux bleus.

D'après ce que Jeanne lui avait appris au téléphone, il avait fait de grands progrès et tenait assis tout seul. Depuis quelques jours, il avait même commencé à ramper un peu partout et ne semblait avoir conservé aucune séquelle de ses carences passées. Un immense soulagement l'avait envahi lorsque sa femme lui avait rapporté les paroles du pédiatre.

Il le garda quelques minutes dans ses bras, l'embrassant et le serrant contre lui, avant de le laisser aux bons soins d'Elfriede, la nounou.

Puis, il monta directement dans sa chambre en songeant que, finalement, la cohabitation entre Jeanne et ses parents s'était parfaitement déroulée. Ceux-ci ne tarissaient pas d'éloges à son sujet.

Même Helmut, pourtant d'un naturel dubitatif, l'avait prise sous son aile.

Sans perdre de temps, il pénétra dans la salle de bain où il se glissa sous la douche avant de se raser. Ensuite, il enfila rapidement un costume anthracite sur une chemise blanche et une cravate pourpre. Après s'être coiffé, il descendit, pressé de retrouver sa belle.

Les invités, déjà nombreux, patientaient dans le hall d'entrée afin de pouvoir se diriger vers la tente chauffée où devait se dérouler la soirée.

Alors qu'il saluait les uns et les autres, cherchant vainement son épouse dans la foule, il entendit un murmure parcourir l'assemblée. Curieux, il leva la tête et suivit le regard des personnes qui l'entouraient.

En haut de l'escalier se tenait Helmut, fier comme un coq, avec à son bras une sublime jeune femme brune, vêtue d'une longue robe d'un rouge flamboyant. Il lui fallut quelques secondes supplémentaires pour réaliser que cette splendeur était Jeanne.

Transformée, elle ne portait plus de lunettes et son visage si fin était désormais visible de tous. Son regard sombre était souligné par un maquillage savant et ses cheveux magnifiques retombaient librement en boucles dans son dos. Dieu qu'elle était belle ! Mille fois plus que sa sœur. Quant à la robe. Ah, la robe ! Leandros en eut des frissons. Droite, près du corps, elle donnait l'impression que son épouse était une déesse grecque. Le décolleté qui laissait ses épaules nues mettait sa superbe poitrine en valeur, tout comme les plis formés à la taille le faisaient avec ses hanches rondes.

Lorsqu'ils s'avancèrent, il dut faire un effort pour déglutir, car la robe en question possédait une fente à l'avant jusqu'à mi-cuisses, révélant à chaque pas, des jambes magnifiquement galbées, halées et chaussées d'escarpins rouges.

Il eut soudain envie de renvoyer tout le monde pour l'entraîner droit vers leur chambre à coucher. Sans parler de la pointe de jalousie qui le titillait à l'idée que les hommes présents puissent se repaître du spectacle. C'était complètement stupide, car Jeanne était à lui et il ne doutait plus une seule seconde de sa moralité. Au contraire, il était fier et admiratif de sa transformation qui prouvait qu'elle avait gagné assez de confiance en elle pour accepter de ne plus se cacher derrière ses horribles verres.

Alors qu'ils descendaient en bas de l'escalier, elle se tourna vers lui en souriant. Ce fut à cet instant qu'il comprit. Il était fou d'elle et le fait qu'elle soit sa femme était une chance extraordinaire.

Mais à quel moment était-ce arrivé au juste ? Sans doute déjà en Grèce ou alors durant leur première nuit. Voilà pourquoi il s'était tellement langui d'elle. Cette constatation, au lieu de l'angoisser, le galvanisa. Jeanne était l'amour de sa vie, il en avait la certitude. Et jamais plus il ne permettrait qu'ils soient séparés aussi longtemps.

En s'approchant de Leandros, la jeune femme ne put retenir le sourire heureux qui fleurissait sur ses lèvres. Enfin il était de retour. Il lui avait tellement manqué durant son absence que cela en avait été douloureux. Et le regard brûlant qu'il posa sur elle fut sa plus belle des récompenses pour les efforts qu'elle avait fournis afin de lui plaire, de ne pas lui faire honte.

Elle avait dû en passer par deux opérations pénibles au laser, mais qui avaient permis qu'elle retire définitivement ses lunettes. Elle n'en conservait qu'une paire pour soigner son hypermétropie, mais n'avait pas besoin de les porter en permanence. Enchantée par le résultat, elle se demandait tous les jours pourquoi elle ne s'était pas décidée plus tôt, tant cela lui changeait la vie. Sans doute, était-ce parce qu'elle n'avait pas eu de motivation suffisante. Leandros avait modifié cela et rien n'aurait été trop beau pour lui.

Ravie, elle le vit fendre la foule pour la rejoindre et, avant qu'elle ait eu le temps de réagir, il l'avait prise dans ses bras pour l'embrasser fougueusement, sous les applaudissements de ceux qui les entouraient. Lorsqu'il s'écarta enfin, elle aperçut sa surprise en constatant qu'elle le distinguait parfaitement bien. Toutefois, elle n'eut pas le loisir de lui expliquer, car déjà des convives les saluaient.

Jeanne avait redouté cette soirée pour deux raisons. Premièrement, Bianca y avait été invitée avant sa séparation avec Leandros et avait confirmé sa venue, la semaine précédente. Secundo, Lizzie, qui était repartie à Londres le lendemain de son arrivée, était également de retour.

Comment, dans ces conditions, se sentir sereine alors que ces deux femmes, belles comme le jour, rôdaient autour de son mari, guettant le moindre incident entre eux.

Toutefois, son angoisse fut infondée. Leandros ne la quitta pas de la soirée. Quand Bianca voulut s'approcher, un seul regard de sa part la découragea, si bien qu'elle rebroussa aussitôt chemin. Lizzie, pour sa part, affichait un air maussade et resta assise à sa place durant tout le repas.

Mais, les attentions constantes de son mari, la manière dont il l'embrassait à tout bout de champ, cette façon qu'il avait de la toucher tout le temps, comme s'il avait besoin de son contact, et sa bonne humeur lui firent oublier ces désagréments. Finalement, elle passa une excellente soirée, entourée de gens charmants.

Lorsqu'enfin ils regagnèrent leur chambre et en fermèrent la porte, il était près de trois heures du matin. Leandros se sentait éreinté et le décalage horaire commençait à peser lourdement. Toutefois, rien n'aurait pu le détourner de Jeanne.

Il était totalement subjugué et n'avait qu'une envie, lui faire l'amour sans plus attendre. Il avait fantasmé sur elle durant toute la soirée. D'ailleurs…

Jeanne fut soudain plaquée contre le mur par le grand corps musclé de son époux. Elle éclata de rire, déjà émoustillée par ce qui allait suivre. Voir le désir briller dans les yeux de Leandros la rendit audacieuse. Elle espérait ces retrouvailles depuis si longtemps !

En sentant la main de son mari s'insinuer dans la fente de sa robe, elle émit un soupir de plaisir et se tendit vers lui, réclamant ses caresses. Aussitôt, ses lèvres partirent à la découverte de ses épaules délicates et de ses seins si bien mis en valeur par le décolleté.

Mais, cela ne suffisait pas à la jeune femme. Avec une impatience qui la rendait fébrile, elle repoussa sa veste. D'un simple mouvement, il s'en débarrassa, tandis qu'elle défaisait déjà sa cravate.

Leandros sentit son excitation grimper d'un cran. L'assurance toute nouvelle qu'elle affichait ne s'était pas limitée à la soirée. Le fait qu'elle prenne des initiatives dans l'intimité de leur chambre le mettait en transe et il réalisa qu'il ne pouvait pas attendre plus longtemps.

Jeanne venait de déboutonner sa chemise et caressait à présent son torse qui frémissait au contact de ses doigts. Déjà, elle se dirigeait vers la boucle de sa ceinture qu'elle ouvrit rapidement.

Alors, perdant le peu de contrôle qui lui restait, il arracha sa petite culotte et la souleva contre le mur. L'instant d'après, il était en elle, avec le sentiment d'être au paradis. Lèvres contre lèvres, ils s'aimèrent avec une passion ardente et atteignirent tremblants le plaisir ultime.

Ensuite, il la porta vers le lit où il l'allongea avant que ses dernières forces ne l'abandonnent.

Pourtant, tout exténué qu'il était, il se sentait incapable de dormir.

Jeanne lui avait tellement manqué qu'il voulait encore et encore laisser opérer la magie qui les poussait l'un vers l'autre. Et ce ne fut que deux heures plus tard qu'il laissa enfin le sommeil le gagner, le doux corps de son épouse étroitement niché contre le sien.

14

En entrant dans les locaux abritant les bureaux de la société de son mari, Jeanne baissa les yeux, mal à l'aise. Sous son imperméable beige, elle ne portait que des dessous de dentelle noire et des bas. Jamais elle ne se serait crue capable d'une telle audace. Mais aujourd'hui, l'occasion était spéciale, puisque c'était l'anniversaire de Leandros. Dans sa poche se trouvait le cadeau qu'elle lui destinait. Il s'agissait du stylo Mont-Blanc qu'elle lui avait acheté en Grèce et qu'elle avait retrouvé incidemment dans le fond de son sac de voyage. Et puis, elle lui réservait une autre surprise, bien plus personnelle…

Voilà près de six mois qu'ils étaient mariés et pas un instant elle ne l'avait regretté. Leandros était un époux passionné, attentif, prévenant et surtout d'une générosité extraordinaire. Quant à l'ardeur, elle était présente toutes les nuits et surgissait même, certaines fois, aux moments les plus inopportuns.

Thomas avait beaucoup grandi et marchait à présent. Il babillait aussi. La semaine précédente, lorsqu'il l'avait appelée maman, elle en avait été émue aux larmes. Quelle chance elle avait ! Sa vie en Lorraine lui paraissait si loin…

En arrivant à l'étage, Jeanne sortit de l'ascenseur et se dirigea vers l'accueil où la réceptionniste était occupée au téléphone. Sans s'annoncer, elle bifurqua directement vers le bureau de Leandros, afin de ne pas se faire remarquer. Elle souhaitait voir la stupeur se peindre sur son visage au moment où elle déboutonnerait son trench-coat. Ce fut donc silencieusement qu'elle se glissa dans le couloir recouvert de moquette.

Hélas, elle réalisa bien vite qu'il n'était pas seul. Discrètement, elle voulut revenir sur ses pas pour ne pas le déranger, mais en entendant prononcer son prénom par une voix féminine qu'elle ne connaissait que trop bien, la curiosité l'emporta et elle s'approcha de la porte entrouverte.

Là, sur le sofa de cuir, le spectacle qui s'offrit à elle la fit basculer en une seconde dans un cauchemar. Leandros était assis, tenant dans ses bras une Lizzie qui s'accrochait à lui en soupirant.

— Ce n'était pas ce qui était prévu, gémissait l'Anglaise. Tu devais l'épouser pour récupérer la garde de Thomas, puis t'en débarrasser. Et certainement pas jouer les Roméo avec elle.

— Ce n'est pas si simple, lui répondit-il, l'adoption n'est pas encore finalisée.

— Mais après, elle partira, n'est-ce pas ? Que tu l'aies séduite pour endormir ses soupçons, je peux le comprendre. Toutefois, je trouve que tu vas trop loin !

— Ne t'inquiète pas. Je gère, reprenait Leandros en la serrant de plus belle contre lui.

— Si elle a été assez stupide pour signer le contrat sans le lire, c'est son problème. Moi, je ne peux pas oublier que sa sœur a assassiné Nikos !

Jeanne poussa son poing contre sa bouche pour s'empêcher de hurler. Brigitte avait tué le frère de son mari ?

— Moi non plus, je n'oublie pas, répondit Leandros, toujours inconscient de sa présence.

— Alors, il faut qu'elle parte avant le mois de septembre. C'était clair dans le contrat ! Si elle te quitte avant le terme d'un an, elle perdra tout, y compris la tutelle de Thomas. Ensuite, nous serons libres de nous marier et de l'élever ensemble, murmura Lizzie avant de se redresser pour l'embrasser.

Jeanne rebroussa chemin en silence. Elle aurait voulu débouler dans le bureau et confondre les deux amants, mais un semblant de fierté l'en empêcha. Montrer à quel point ce qu'elle avait appris la dévastait était au-dessus de ses forces. Ainsi, Leandros couchait avec l'ex-fiancée de son frère… Quel salaud !

En larmes, elle quitta précipitamment l'étage sous le regard ahuri de l'hôtesse qui venait de la reconnaître. Hébétée, elle regagna sa voiture, garée juste en face, et s'affala lourdement sur le siège de l'Austin Mini que Leandros lui avait offerte pour Noël. Elle ne pouvait pas croire ce qu'elle avait entendu. C'était impossible. Leandros l'aimait ! Mais, le lui avait-il dit une seule fois ? Elle eut beau chercher dans sa mémoire, la réponse s'imposa d'elle-même. C'était non…

Elle se reprocha amèrement la naïveté dont elle avait fait preuve depuis le début. Pourtant, l'attitude hostile de son mari et de ses proches aurait dû lui mettre la puce à l'oreille.

Une fois de plus, elle payait pour les actions de sa sœur. Sa maudite sœur ! Ces derniers temps, elle en était presque venue à la remercier de son geste, mais maintenant, elle savait que celle-ci lui avait fait un ultime cadeau empoisonné. Car, elle n'avait pas pu ignorer qu'elle pouvait tomber amoureuse de Leandros et que le bel Autrichien ne partagerait jamais ses sentiments. D'ailleurs, qu'avait-elle bien pu faire pour mériter cela ? Sa vie lui parut, en cet instant, profondément injuste.

Un mouvement au-dehors attira son attention et à travers ses larmes, elle vit qu'il s'agissait de son mari qui quittait le bâtiment bras dessus bras dessous avec Lizzie. Cette dernière semblait rayonner, tandis qu'elle était assise là, comme une idiote, totalement désespérée.

Un vent de révolte formidable gronda alors en elle. Non, elle ne serait pas la dinde de service ! Non, elle ne jouerait plus les faire-valoir en attendant que son compagnon la vire comme une malpropre, lorsqu'elle ne lui serait plus d'aucune utilité. Il s'était assez moqué d'elle comme cela. Et même si cela lui déchirait de cœur de quitter Salzbourg et son adorable petit garçon, elle ne voyait pas d'autre solution.

Rapidement, elle mit le contact et démarra. Son retour se passa dans une espèce de brouillard et elle arriva à destination sans avoir le moindre souvenir du trajet. Thomas faisait la sieste et ses beaux-parents étaient partis pour quelques jours à Paris.

En entrant dans le salon, elle fit signe à Elfriede de la suivre et, tout en reniflant, elle sortit son sac de voyage où elle empila ses affaires en vrac. Ce faisant, elle se confia à la nounou qui était devenue une véritable amie, lui racontant ce qu'elle venait d'apprendre.

Cette dernière essaya de la dissuader de s'enfuir, arguant qu'elle devait d'abord avoir une explication avec son mari. Mais, Jeanne était décidée et rien n'aurait pu la faire changer d'avis. Elle ne voulait plus se trouver face à Leandros, ne voulait pas lui montrer la douleur qui était la sienne. Il l'avait roulée dans la farine, mais elle avait encore assez de dignité pour s'en aller la tête haute.

Toutefois, elle ne pouvait pas laisser Thomas et disparaître du jour au lendemain, aussi, avec l'aide d'Elfriede, installèrent-elles une application permettant une communication par webcam.

Elles convinrent également que toutes les deux semaines, Jeanne se rendrait en Autriche pour quelques jours, afin de le voir. Ainsi, le lien avec l'enfant serait maintenu. Lorsqu'elle aurait trouvé un emploi en France, elle demanderait le divorce et viendrait le rechercher. De toute façon, pour le moment et jusqu'à ce que l'adoption soit finalisée, elle était son unique tutrice.

Elle en aurait pour un ou deux mois tout au plus. Elfriede ne put que s'incliner, car elle n'oubliait pas que son amie avait été la seule à lui donner sa chance.

Puis, Jeanne se rendit dans la chambre de Thomas, où elle caressa longuement la tête du petit garçon et, avant de prendre le risque de changer d'avis, elle empoigna son sac et sortit de la maison sous le regard triste d'Elfriede.

Dans un premier temps, elle avait pensé emmener l'enfant avec elle, mais finalement, elle y avait renoncé, sachant que toute tentative de kidnapping jouerait en sa défaveur au moment du divorce.

La mort dans l'âme, le cœur en vrac, elle quitta Salzbourg où elle avait cru pouvoir mener une vie heureuse et conduisit en direction de Munich.

En s'engageant sur l'autoroute, elle songea qu'une fois de plus, elle s'était fait avoir. Et cette fois, la leçon, bien amère, avait porté ses fruits. Jamais plus elle n'aurait confiance en qui que ce soit et à fortiori en un homme.

Leandros avait été son premier et son unique amour. Elle savait déjà que jamais elle ne s'en remettrait. Pourtant, il lui fallait continuer à vivre, à se battre. Son petit garçon comptait sur elle.

15

Leandros, assis à son bureau et incapable de se concentrer, se prit la tête entre les mains. Cela faisait plus d'un mois que Jeanne l'avait quitté et la douleur de son départ était toujours aussi vive, le minant de l'intérieur. Elle devenait plus intense chaque jour et lorsqu'il se levait le matin, désespérément seul, il se sentait plus abattu que la veille. Les nuits étaient pires, car incapable de dormir, il se posait inlassablement la même question. Pourquoi ?

Et ce n'était pas le vague mot laissé par sa femme qui lui apporterait les réponses espérées. *« Je m'en vais. Ne cherche pas à me revoir. Jeanne »*. Voilà tout ce à quoi il avait eu droit. Il avait beau s'en défendre, il finissait par penser, tout comme ses parents très déçus par l'attitude de leur bru, qu'au fond, elle était semblable à sa sœur. Simplement, elle avait joué la comédie de façon magistrale, cachant habilement ses objectifs et sa vraie personnalité.

Pourtant, ce matin-là, celui du jour spécial où il fêtait sa naissance, elle l'avait réveillé de la manière la plus délicieuse qui soit, lui prodiguant des caresses particulièrement osées qui l'avaient rendu fou, une fois de plus. C'était sa surprise à elle pour lui souhaiter son anniversaire, avait-elle dit en riant. Il en avait été enchanté. Jeanne était devenue, depuis son retour d'Australie, aussi indispensable à sa vie que l'air pour respirer. Il l'aimait passionnément, follement, et tout en elle le ravissait. Il avait pensé ses sentiments partagés, considérant qu'elle avait décidé de se faire opérer des yeux uniquement pour lui plaire. Si ce n'était pas une preuve d'amour ça... Il fallait croire que non et qu'il s'était lamentablement fourvoyé.

Une seule pièce manquait au puzzle. Comment avait-elle pu abandonner Thomas ? Il ne comprenait pas. Elle l'aimait sincèrement, il n'avait aucun doute à ce sujet. Alors comment avait-elle pu ne pas l'emmener ? Cela le laissait perplexe et tournoyait inlassablement dans sa tête.

Son humeur exécrable le rendait odieux avec tout le monde, y compris ses employés qui le redoutaient maintenant. Il se faisait l'effet d'être un ours, incapable de la moindre sociabilité. Seul Thomas adoucissait sa peine, et étrangement, l'enfant ne semblait pas perturbé par le départ de Jeanne. Cela aussi l'intriguait.

En entendant un bref coup frappé, Leandros se redressa prêt à aboyer sur l'inconscient qui avait osé le déranger. D'ailleurs, sa secrétaire se tassait dès qu'elle le voyait et c'était un miracle qu'elle n'ait pas déjà démissionné. Avant qu'il ait pu envoyer l'importun au diable, la porte s'ouvrit sur Constantin.

Ce dernier était radieux, car il vivait depuis peu une très belle histoire avec la jolie Elfriede. Mais Leandros, s'il était heureux pour lui, ne se sentait guère d'humeur romantique et le sourire béat de son ami lui fichait encore un peu plus le bourdon. Comme s'il avait besoin de ça ! Dire qu'un mois plus tôt, c'était lui qui affichait cette mine stupide !

— Que veux-tu ? demanda-t-il brutalement.

— Bonjour quand même… J'en ai assez de te regarder te lamenter sur ton sort et j'ai fait une découverte qui devrait te donner matière à réfléchir. Il s'agit de Jeanne, déclara-t-il sans se démonter en voyant l'air furibond de celui qui était comme un frère pour lui.

— Ça ne m'intéresse pas.

— Bien sûr que si. T'es-tu seulement demandé pourquoi elle était partie ?

— Elle en avait marre. C'est la seule explication plausible.

— Et tu es assez stupide pour penser ça ? Allons, Leandros, je ne peux pas le croire !

— Mais que veux-tu que je te dise ? Elle m'a laissé un mot et a disparu en nous abandonnant, Thomas et moi. Il n'y a rien à ajouter. Si ce n'est qu'elle est finalement comme sa sœur.

— Pauvre imbécile ! s'exclama Constantin en se dirigeant vers l'écran TV suspendu au mur et en introduisant un DVD dans le lecteur prévu à cet effet. Heureusement que tu as un ami sur qui compter : MOI !

Cette tentative d'humour ne fit pas sourire Leandros qui se demandait où il voulait en venir. Constantin appuya sur la télécommande pour mettre la télévision en marche et s'installa dans un fauteuil.

— Contrairement à toi, je me suis toujours dit qu'il devait y avoir une explication rationnelle à ce geste. Jeanne est une femme pragmatique qui n'agit pas de façon impulsive. Et jamais elle n'aurait laissé Thomas derrière elle sans une raison valable. Bon, je reconnais qu'Elfriede m'a un peu aidé sur ce coup ! Alors, tu veux connaître le résultat de mes investigations ?

— Vas-y, murmura Leandros avec une boule au ventre.

— Ce sont les images des caméras de surveillance de l'immeuble, le jour de son départ. Regarde bien, à onze heures, Lizzie est venue te voir.

Leandros grimaça à ce souvenir. L'Anglaise, plus profondément marquée par la mort de Nikos qu'il ne l'avait pensé, s'était fait des films dans lesquels ils se mariaient. Il avait dû lui expliquer les choses avec beaucoup de tact et de délicatesse en souvenir de son frère. Finalement, elle avait compris et il l'avait raccompagnée à son hôtel où elle avait fait ses bagages pour retourner en Angleterre. D'après ses parents, elle était actuellement en maison de repos et allait mieux. Revenant à la réalité, il écouta la suite du rapport de Constantin.

— Ça, c'est Jeanne qui arrive à onze heures trente. Si je fais confiance à mon instinct, elle devait être quasiment nue sous son manteau, car elle a l'air mal à l'aise. La réceptionniste a confirmé ne pas l'avoir remarquée quand elle est entrée, mais l'avoir vue ressortir en pleurant, quelques minutes plus tard.

Jeanne, ici ? C'était impossible, il ne l'aurait su ! Mais alors… Tout portait à croire que le problème avait eu lieu au sein de ses bureaux.

— Là, c'est elle qui repart en courant. Il est onze heures quarante. Et enfin, toi qui quittes le bâtiment avec Lizzie peu avant midi. Je pense que Jeanne a entendu des choses et c'est pour cela qu'elle s'est enfuie. Maintenant, quelle était la teneur de tes propos avec Lizzie ?

— Je ne me rappelle plus, c'était surtout elle qui parlait.

— Mais de quoi ? insista Constantin.

— De la mort de Nikos, du fait que Brigitte l'avait tué, du contrat signé par Jeanne et du rôle que nous lui avons fait jouer à son insu.

— Et tu t'étonnes après cela qu'elle soit partie ? Imagine un instant qu'elle ait tout entendu, qu'elle ait enfin compris que Brigitte était responsable de l'accident et que tu l'avais manipulée…

— Nom de Dieu… murmura Leandros, en réalisant ce qui pouvait être arrivé. Mais, elle a abandonné Thomas ! Et ça, c'est impardonnable ! protesta-t-il, perturbé par ce qu'il venait de découvrir.

— En es-tu certain ? Ce petit a l'air parfaitement épanoui et pourtant il adore Jeanne. C'est étrange, tu ne trouves pas ?

— Que sais-tu que j'ignore ? demanda Leandros, en qui le doute s'insinuait.

— Rien ou presque rien, malheureusement. Elfriede est loyale et jamais elle ne trahirait Jeanne, même pour moi. Alors je l'ai suivie et un peu espionnée, et j'ai découvert que Jeanne communique par webcam avec Thomas pendant plusieurs heures, chaque jour. Elle est, par ailleurs, revenue en Autriche à deux reprises pour le voir.

— QUOI ? tonna Leandros, choqué par l'intuition dont son ami avait fait preuve et la facilité avec laquelle il avait mis le pot aux roses à jour.

Tout cela, c'eut été à lui de le trouver. Mais, muré dans le chagrin, il avait préféré se forger des certitudes non fondées, tout ça pour le même motif que d'habitude : elle était la sœur de Brigitte. Une fois encore, il l'avait méjugée. Elle n'était pas partie sur un coup de tête, comme il s'était plu à le supposer, mais parce qu'elle était persuadée d'avoir été trahie. Et elle avait eu toutes les raisons de le croire, si elle avait assisté à son entretien avec Lizzie.

Lui s'était focalisé sur sa colère, en voulant penser qu'elle était faite du même bois que sa sœur. C'était le seul moyen, inconsciemment, qu'il avait eu pour ne pas sombrer dans la déprime la plus profonde.

Oh oui, comme il avait été désespéré de ne plus sentir son corps chaud et doux se lover contre le sien en une invite explicite, chaque soir. Ne plus pouvoir la réveiller en la couvrant de baisers lui avait manqué au-delà ce qu'il aurait pu imaginer. Tout comme il ne s'habituait pas à l'idée de ne plus pouvoir lui confier ses soucis lorsqu'il rentrait, en écoutant ensuite son avis plein de bon sens.

Il y avait aussi toutes ces autres petites choses qui l'avaient fait se sentir véritablement marié, comme le fait de partager l'éducation de Thomas, la certitude d'être attendu le soir en quittant son bureau, l'odeur des repas qu'elle mitonnait pour lui et des desserts qu'elle confectionnait après lui avoir demandé ce qui lui plairait le matin, les samedis où ils faisaient leurs courses ensemble. Jeanne était une perle, l'amour de sa vie, et il l'avait laissée échapper parce qu'il n'avait pas voulu prendre pleinement conscience de ses sentiments, ni osé lui dire l'entière vérité sur les circonstances de la mort de Brigitte et Nikos. Quelle stupidité ! Quel aveuglement ! Mais, il n'était peut-être pas trop tard…

Se levant d'un bond, il consulta sa montre, puis quitta son bureau en trombe et en hurlant à sa secrétaire d'annuler tous ses rendez-vous jusqu'au lendemain, sous le regard satisfait de Constantin, heureux d'avoir enfin sorti son patron et ami de cet abattement dans lequel il se complaisait depuis le départ de Jeanne.

16

En se garant à l'extérieur, Leandros avait voulu ne pas attirer l'attention d'Elfriede. Les volets de la chambre de Thomas étaient encore fermés, ce qui signifiait qu'il dormait. Il se résolut donc à patienter, tout en réfléchissant à la meilleure manière d'aborder le sujet avec la nounou. Car, pour réaliser le plan qu'il avait en tête, il lui fallait sa collaboration.

Son attente ne dura pas longtemps. Environ un quart d'heure plus tard, il vit la jeune femme les ouvrir. Il quitta sa voiture et se faufila dans le parc en prenant garde de ne pas être repéré. Ses parents étaient absents pour la journée.

Il prit d'infinies précautions pour ne faire aucun bruit au moment d'introduire la clé dans la serrure de la porte d'entrée. Puis, il retira ses chaussures et marcha en silence vers l'étage qu'il gravit lentement. De la chambre, il entendit des voix. Celle d'Elfriede, celle de Thomas qui babillait joyeusement, et enfin celle de Jeanne qui lui racontait une histoire.

Par l'entrebâillement, le spectacle qu'il découvrit le laissa muet. L'ordinateur était posé à même le sol. La nounou et l'enfant faisaient face à sa femme qui parlait sur l'écran. Elle avait mauvaise mine, comme l'indiquaient ses traits émaciés et les profonds cernes qui encerclaient ses yeux. Le sourire triste, figé sur son visage, donnait à penser qu'elle aussi était malheureuse. Et tout cela, c'était à cause de lui, ou plus précisément, en raison de son absence d'honnêteté. Il en eut le souffle coupé et sentit sa gorge brûler, tandis que ses paupières le piquaient. Comme elle lui manquait !

Au bout d'une heure, Elfriede arrêta la webcam en promettant de la recontacter en début de soirée. Il s'avança alors et la porte s'ouvrit. Quand la jeune femme vit Leandros dans l'embrasure, elle sursauta et rougit violemment. Avant qu'elle ait pu émettre le moindre son, il lui lança, d'une voix glaciale.

— Vous allez faire comme d'habitude, mais une fois Thomas couché, vous viendrez dans mon bureau, j'ai deux mots à vous dire. Et si, d'une manière ou d'une autre, vous essayez d'avertir Jeanne pour lui expliquer que j'ai découvert votre petit manège, vous êtes virée sur-le-champ, c'est compris ?

— Oui, monsieur, répondit la nourrice en baissant les yeux.

Durant le reste de la journée, il ne la quitta pas d'une semelle et lorsqu'elle remit la webcam en marche, il demeura tapi dans l'ombre, épiant chaque geste et chaque parole de sa femme. Jeanne ne parla pas de lui, hormis pour s'assurer qu'il se portait bien. Cela lui ressemblait tout à fait, pensa-t-il avec un léger sourire.

Puis, une fois Thomas couché, il attendit patiemment qu'Elfriede le rejoigne dans son bureau.

— Asseyez-vous. Je ne vais pas vous manger ! s'exclama-t-il, en voyant son air effaré. Depuis quand est-ce que ça dure ?

— Depuis qu'elle est partie, murmura la nounou, rougissante.

— Je comprends que vous êtes dévouée à Jeanne, mais il faut que vous me disiez comment elle va, ce qu'elle fait et surtout quand elle reviendra.

Face au mutisme de la jeune femme, il se résolut à lui expliquer la situation.

— Il y a eu un malentendu. Je ne l'ai su qu'aujourd'hui et je voudrais avoir une chance de m'entretenir avec elle. Vous saisissez ?

Toujours le silence. Perdant soudain patience, il s'écria vivement :

— J'aime Jeanne ! Je désire plus que tout au monde la reconquérir. Je n'en peux plus de vivre sans elle et vous devez m'aider !

Alors, elle leva un regard chargé d'espoir vers lui.

— C'est bien vrai ?

— Oui, c'est vrai. Je n'ai jamais été aussi sincère de ma vie.

— Jeanne ne va pas bien. Elle fait face, mais je sens qu'elle est très malheureuse. Elle a trouvé un travail.

— Quel genre d'emploi ?

— Elle est femme de chambre dans un hôtel.

— Femme de chambre ! s'exclama Leandros atterré. Pourquoi fait-elle ça ?

— Il faut bien manger, rétorqua Elfriede en le toisant comme s'il était complètement stupide.

— Mais, je lui ai versé une forte somme. Elle n'a pas besoin de s'abaisser ainsi !

— Aucun métier n'est indigne du moment qu'il est fait honnêtement, s'énerva son interlocutrice. Quant à votre argent, si vous regardiez votre compte en banque de plus près, vous sauriez qu'elle vous en a reviré l'intégralité dès qu'elle a compris que cela venait de vous. Jamais elle ne voudra de votre aide ! Ne vous étiez-vous pas aperçu de cela ? Jeanne ne vous a jamais coûté un sou. Elle a pris en charge toutes les dépenses qui lui étaient propres, ainsi que celles de Thomas, si on excepte mon salaire évidemment.

Il ne pouvait que confirmer. Hormis les cadeaux qu'il lui avait faits, elle ne lui avait jamais demandé d'argent ni n'avait accepté qu'il lui donne sa carte bleue.

— Vous avez raison, Elfriede. Il n'y a pas de sot métier et Jeanne est une femme courageuse. Ce que je ne comprends pas, c'est pourquoi elle a préféré partir comme une voleuse, plutôt que de provoquer une explication, ce jour-là.

— Comment aurait-il pu en être autrement avec ce que vous lui avez fait subir au début de votre mariage ? Elle vous aime, c'est clair. Mais, cela ne veut pas dire qu'elle a confiance en vous.

Une fois encore, Elfriede avait fait mouche. Elle devait être très proche de son épouse, pour que celle-ci lui ait raconté ce qui s'était passé en Grèce, car Jeanne était par nature assez secrète. Comme si elle avait suivi le cours de ses suppositions, la nounou crut bon d'expliquer :

— Elle m'en a parlé le jour de son départ. Elle était tellement déboussolée et si dévastée par votre trahison, qu'elle m'a tout dit.

— Mais, je ne l'ai pas trahie !

Alors que la jeune femme se levait déjà pour quitter la pièce, il l'interpella une dernière fois.

— Au fait. Quand Jeanne doit-elle revenir voir Thomas ?

17

Assise sur le canapé situé dans le hall d'accueil de l'hôtel Untersberg, Jeanne attendait impatiemment la venue de Thomas et Elfriede. Elle logeait toujours dans cet établissement chaleureux et très confortable. Elle l'avait découvert lorsqu'elle y avait fait une halte avec Leandros, à leur retour de Berchtesgaden où ils avaient fait une randonnée autour de l'Obersee, un magnifique lac. Cette balade lui avait laissé un souvenir inoubliable, tant par la beauté des lieux que par la présence de son mari à ses côtés. Ils étaient arrivés en bateau. Puis, avec Thomas installé dans un siège qu'il portait sur son dos, ils avaient marché durant de longues heures pour atteindre les cascades situées tout à l'arrière du lac.

À leur retour, comme la petite ville touristique était bondée, ils avaient préféré repartir de suite avant de s'arrêter à Sankt Leonard, où se trouvait l'hôtel.

Leandros, grand amateur de randonnée, d'escalade et de ski connaissait parfaitement son pays et avait réussi à le lui faire découvrir, puis aimer. Comme elle avait apprécié ces dimanches passés à se promener main dans la main.

Maintenant, tout cela était derrière elle et elle allait devoir apprendre à vivre avec seulement ces souvenirs qu'elle chérissait.

Pour autant, elle ne regrettait pas sa décision d'être partie, même si sa vie lui paraissait morne et terne. Elle n'aurait jamais pu demeurer auprès d'un homme, dont elle savait qu'il en aimait une autre, en attendant que lassé, il décrète qu'il était temps pour elle de rentrer en France.

Un mouvement dans l'entrée attira son attention, la sortant de ses pensées. Elle leva la tête et un petit cri mourut dans sa bouche. Ce n'était pas Elfriede qui venait vers elle, mais Leandros qui portait Thomas et lui souriait. Mais, que faisait-il là ? Et comment avait-il découvert qu'elle séjournait ici pour voir son neveu ?

— Bonjour, Jeanne, murmura-t-il en s'arrêtant tout près.

Puis, il posa l'enfant devant lui. Celui-ci se dirigea immédiatement vers elle, les bras grands ouverts en poussant des cris de joie. Aussitôt, elle écarta les siens et le pressa contre son cœur avec un soupir de bonheur. Ce petit bout, qui lui était si cher, était la seule chose qui lui donnait une raison de se lever le matin, depuis qu'elle était revenue en Lorraine.

Que lui voulait Leandros ? Désirait-il officialiser leur séparation ? Dans les premiers jours qui avaient suivi son départ, elle avait souhaité et redouté à la fois qu'il vienne la chercher. Mais, il ne s'était jamais déplacé et elle avait réalisé, la mort dans l'âme, qu'il ne tenait pas assez à elle pour faire le voyage.

Cela n'avait fait que confirmer ce qu'elle savait déjà, que c'était Lizzie qu'il aimait et avec qui il voulait vivre sa vie, et non la sœur de celle qui avait tué son frère. Oh, elle le comprenait, mais cela la rendait terriblement triste de penser que plus jamais il ne la prendrait dans ses bras.

Elle joua quelques instants avec Thomas, puis Elfriede, visiblement mal à l'aise, se matérialisa devant eux, accompagnée de Constantin. Ils emmenèrent le petit garçon dans un parc, situé tout près, et laissèrent Leandros et Jeanne seuls, comme il les en avait priés.

— Constantin et Elfriede vont se marier cet été, commença-t-il ne sachant comment entamer la conversation.

— C'est formidable, murmura-t-elle, encore plus embarrassée que lui. Je suis très contente pour eux.

— Comment te portes-tu ? demanda-t-il en prenant place près d'elle.

— Bof. Que fais-tu ici ? Si tu voulais me faire signer les papiers du divorce, il te suffisait de les envoyer. Je n'ai pas changé d'adresse, tu sais…

— Qu'est-ce qui te permet de dire que je souhaite officialiser notre séparation ?

— Ne me prends pas pour l'imbécile que je ne suis pas. Maintenant que je suis au courant de tout, tu pourrais au moins m'éviter cela.

— Viens. Je dois te parler et cet endroit ne me paraît pas indiqué pour cela, murmura-t-il en se levant et en la saisissant par le bras.

Il l'entraîna vers une terrasse située à l'arrière de l'établissement et qu'il avait réservée dans son intégralité la veille.

Ils s'installèrent à une table et une serveuse leur apporta des cafés, avant de s'éclipser discrètement. Au bout de quelques secondes, Jeanne, n'y tenant plus, demanda :

— Alors ?

— Alors quoi ?

— Arrête, Leandros. Pourquoi es-tu ici ?

Son mari sortit une enveloppe de son sac à dos et la lui remit. Ainsi vêtu d'un jean, de baskets en toile et d'une chemise blanche, il était tout bonnement craquant. Jeanne dut prendre sur elle pour saisir la pochette qu'il lui tendait à présent.

— Donc, c'est bien ça... Tu veux divorcer.

— Lis d'abord, avant de tirer des conclusions hâtives.

Elle ouvrit et déplia les documents que celle-ci contenait. Il s'agissait de la procédure d'adoption. Consternée, elle découvrit en les parcourant que c'était uniquement son nom qui figurait sur les papiers officiels. Autrement dit, elle seule avait la garde de Thomas.

— Qu'est-ce que ça veut dire ? s'enquit-elle en relevant la tête.

— Simplement ceci. Tu es et tu resteras la tutrice légale de Thomas. Si tu désires t'en aller maintenant en l'emmenant avec toi, tu en as parfaitement le droit.

— Mais pourquoi ? Je sais que tu l'adores, alors quelle mouche t'a piqué pour que tu fasses une chose pareille ?

— Je t'aime, Jeanne, bien plus que je n'ai jamais aimé une autre femme, et bien plus que je n'en aimerai jamais aucune. Je refuse que tu puisses penser que je te dis cela pour Thomas. Il est mon fils, mais le plus important est que tu es avant tout ma compagne. Quant au divorce, tu peux t'accrocher parce que jamais je ne te l'accorderai !

— Pourquoi, puisque c'est Lizzie que tu veux ?

— As-tu écouté ce que je viens de t'expliquer ? Je t'aime, Jeanne !

— Enfin, elle a dit que…

— Elle est actuellement dans une maison de repos. La mort de Nikos l'a perturbée bien plus que nous ne l'avons pensé et elle a fait un transfert sur moi. Si tu étais restée, tu m'aurais entendu lui répondre que jamais je ne pourrais me lier à elle, puisque c'était toi la femme de ma vie. Mais, je devais le faire avec un minimum de délicatesse, par égard pour son état de santé qui m'inquiétait, mais aussi parce que mon frère l'a vraiment aimée et l'aurait sans doute épousée s'il n'était pas mort.

— Mais, ma sœur a tué ton frère ! Comment pourrais-tu m'aimer ?

— Tu m'as assez souvent répété que tu n'étais pas Brigitte. Alors, j'ai fini par te croire. Tu n'es pas elle et tu n'as pas à payer pour le mal qu'elle a fait. Tu ne lui ressembles en rien et jamais plus tu n'entendras la moindre comparaison dans ma bouche.

Jeanne sentit les larmes rouler sur ses joues. Elle avait l'impression de manquer d'air. Une lueur d'espoir s'alluma au fond de son cœur pour l'envahir tel un feu de joie. Ainsi, il l'aimait vraiment. L'acte d'adoption en était la preuve irréfutable.

— Je t'aime, Leandros, depuis le premier jour, confessa-t-elle alors, d'une voix tremblante. Si cela n'avait pas été le cas, jamais je n'aurais pu t'épouser, même pour Thomas. J'aurais trouvé une autre solution, mais je ne l'aurais pas fait.

— Je regrette de ne pas te l'avoir dit avant, car je le savais déjà. Mais, pour une raison que j'ignore, j'en étais incapable. Ce que je t'avais fait, le jour de notre mariage et par la suite, n'a pas plaidé en ma faveur. J'en suis désolé.

— Oh, Leandros, tu n'es pas le seul fautif. Je n'ai jamais eu confiance en moi et je n'ai pas cessé de me demander ce que tu pouvais me trouver, comme si dans mon esprit, je me doutais qu'il y avait un piège. Ma mère a prénommé ma sœur ainsi parce qu'elle était fan de Brigitte Bardot, et moi en référence à Jeanne Moreau. Et tout le monde sait bien que la première a toujours éclipsé la seconde. Comment penser, dans ces conditions, que j'avais réussi à séduire un homme qu'elle n'avait pas pu avoir ?

— Parce que tu es infiniment plus désirable, murmura-t-il en changeant de place pour s'installer à côté d'elle et la prendre plus commodément dans ses bras.

Ils échangèrent alors un baiser empli de tendresse et de passion réfrénée. Leandros semblait incapable de décoller sa bouche de la sienne, comme s'il avait peur qu'elle lui échappe à nouveau.

— Jeanne, je voudrais que nous renouvelions nos vœux au cours d'une cérémonie religieuse où tu porterais une jolie robe blanche et où tous nos amis et proches seraient invités, y compris les commères de ton village. Qu'en penses-tu ?

— Oh, j'adorerais ça. Plus jamais nous ne nous quitterons, tu me le promets, n'est-ce pas ?

— Oui, ma belle petite Française, plus jamais.

Alors, Jeanne se leva et lui prit la main pour l'emmener vers sa chambre. Elle avait besoin de cette intimité qui lui avait tant manqué. Et à voir le baiser que lui donna Leandros dans l'ascenseur, elle n'était pas la seule.

Ils s'aimèrent longtemps, tendrement, se murmurant à quel point ils étaient amoureux l'un de l'autre. Lorsqu'enfin une déferlante de plaisir les emporta, ils surent que rien ne pourrait désormais les séparer.

***

Deux mois plus tard, dans la cathédrale de Salzbourg, Leandros renouvela ses vœux avec une solennité et une gravité qui émeut toute l'assemblée. Au premier rang se trouvaient ses parents, ainsi que Constantin et Elfriede, fraîchement mariés.

L'année suivante, ils se retrouvèrent dans cette même cathédrale pour baptiser leur petite fille, Elena, surnommée Lena, qui complétait à merveille la famille heureuse qu'ils formaient désormais avec Thomas.

L'AUTEUR

Nathalie CHARLIER est une romancière française spécialisée dans le genre sentimental. Elle vit en Alsace entourée de son mari et de ses quatre enfants.

Son premier roman « Un mensonge pour être aimée » est paru aux Éditions Amorosa en mars 2012. « Prisonniers de leur passé », son deuxième ouvrage est quant à lui paru en juin 2013. « La vengeance de Claire » a suivi en novembre 2013. Et entre-temps, vous avez pu suivre les aventures de Julie et Raphaël dans la série numérique « APPRENDS-MOI ».

APPRENDS-MOI

Tome 2

Nathalie CHARLIER

Après un énième jeu de rôle qui a plutôt mal fini, j'ai décidé de reprendre ma vie en main. Pourtant, Raphaël semble incapable de se détacher de moi et me demande un dernier week-end, durant lequel, c'est mon fantasme qui sera réalisé.

Hélas, après deux jours de rêve, une fois de plus, les choses tournent au vinaigre. Et là, c'est sûr, je mets une croix définitive sur notre relation qui n'en est pas réellement une. C'est pour moi, le seul moyen de ne pas être détruite par celui que j'aime trop.

Quelques mois plus tard, c'est un homme brisé et rongé par la culpabilité que je vois débarquer à Lyon, où j'ai construit une nouvelle vie. Mais, comment est-il possible que ce play-boy, polygame notoire, soit dans cet état ? Serait-ce à cause de moi ?

À découvrir très prochainement sur www.nathalie-charlier.com.

HISTOIRES DE FEMMES, HISTOIRES D'AMOUR

Nathalie CHARLIER

Emma et Caroline ont toutes deux un parcours différent. Pourtant, elles ont de nombreux points communs.

Elles sont mères et se battent pour élever leurs enfants, après l'échec d'une première union. Elles ont également connu la passion la plus intense au cours de leur jeunesse. L'une avec un avocat ténébreux, meilleur ami de son mari, et l'autre, dans les bras d'un musicien de renommée internationale. Hélas, leurs histoires se sont achevées tragiquement.

Au travers de « L'homme de ses rêves » et d'« Un été en Irlande », découvrez de quelle manière le passé peut ressurgir pour s'inviter dans le présent et donner un nouveau sens à leurs vies.

À découvrir très prochainement sur www.nathalie-charlier.com.

Cette histoire est une fiction, tout droit sortie de l'imagination de l'auteur. Toute ressemblance avec des personnes, lieux ou évènements existants ou ayant existé, serait purement fortuite.

Dépôt légal : novembre 2014

Nathalie CHARLIER/NCL Éditions - 5, Rue des Dahlias 67310 WASSELONNE

Photographie de couverture :
Newlady — *123 photos*
Maugli — Depositphotos

Création de couverture :
Nathalie CHARLIER-LOWE

Imprimé en France par :
CREATE SPACE

Pour le compte de
Nathalie Charlier - NCL Éditions

www.ingramcontent.com/pod-product-compliance
Lightning Source LLC
Chambersburg PA
CBHW031250160726
47993CB00001B/98